Richard ZANARDI

AF136722

Homme

Blanc au

Cœur rouge

©Richard Zanardi

Edition : BOD-Books on Demand, 12/14 Rond point des Champs Elysées 75008 Paris

Impression : BOD-Books on Demand, Allemagne

ISBN : 9 782810 628117

Dépôt Légal : Février 2016

FSC
www.fsc.org

MIXTE

Papier issu
de sources
responsables
Paper from
responsible sources

FSC® C105338

A Quentin, Nolwen,
Daniel, Rémy et Frédéric

« L'homme qui s'est assis sur le sol de son tipi, pour méditer sur la vie et son sens, a su accepter une filiation commune à toutes les créatures et a reconnu l'unité de l'univers ; en cela, il infusait à son être l'essence même de l'humanité. Quand l'homme primitif abandonna cette forme de développement, il ralentit son perfectionnement. »

Chef Luther Standing Bear

« N'y a-t-il donc rien qui mérite d'être perpétué dans cette approche que nous autre Indiens avons de la démocratie, où la terre, notre mère, était donnée librement à tous et où personne ne cherchait à appauvrir ou à asservir son prochain. »

Ohiyesa

« Vivre éveillé, vivre en accord avec soi-même dans le respect de l'humain et de son environnement au-delà des différences de pensée, de condition sociale, de couleurs, d'intellect. Vivre pour apprendre et pour donner au-delà des richesses et du pouvoir, vivre pour la venue d'un monde nouveau où l'homme enfin Imago brisera sa chrysalide. »

Marc Paget

Avant-propos

Ma vision de l'Amérindien fut longtemps, une image stéréotypée et formatée par les westerns hollywoodiens des années 1930 à 1950. A cette époque, l'indien était un être assoiffé de sang et comme le disait le Général George Armstrong Custer : « un bon indien est un indien mort ». Si à partir des années 1950, l'Indien est devenu un noble sauvage, victime privilégiée des blancs. Il fallut attendre les années 1990 et le mythique film de Kévin Costner : « Danse avec les Loups », pour que l'Amérindien soit enfin reconnu en tant qu'être humain. Voilà maintenant vingt-cinq années, que livre après livre, film après film, reportage après reportage, je me passionne pour la nation amérindienne et, particulièrement pour le peuple Sioux/Lakota. Sitting Bull

« Tȟatȟanka Iyotȟanka », Crazy Horse « Tašúŋke Witkó », Red Cloud « Maȟpíya Lúta », et autre, Spotted Tail « Sinte Gleśka » ou Young Man Afraid Of His Horses « Tȟašúŋke Kȟokípȟapi » sont devenus au fil du temps, mes compagnons de voyage. Si comme moi, vous vous passionnez ou, si vous voulez découvrir cette culture au travers des ouvrages qui leurs sont consacrés, je vous laisserai vous reporter à la bibliographie située à la fin de cet ouvrage. Elle n'est pas exhaustive et, ne demande qu'à être complétée. Mais celle-ci vous permettra d'avoir une première approche des peuples autochtones d'Amérique du Nord.

Chapitre 1

Dans la cabane de bois rond, Antoine venait de se réveiller. Il repoussa la « śinahinśma (chi-na-hich-ma : couverture en peau de bison) », sous laquelle il faisait bon dormir. Il se leva et enfila son « *onzog*e (on-zo-rè : pantalon à franges en peau de wapiti) » et ses « hanpikceka (han-pik-tcè-ka : mocassins) ». Il se dirigea vers un baquet remplit d'eau chaude que Shalan avait préparé pour la toilette du matin. Après s'être débarbouillé et rasé, il enfila une chemise en peau. Amarok son chien, à moitié loup et à moitié malamute, dont le pelage était de couleur blanche, lui emboita le pas. Le feu, entretenu toute la nuit avait maintenu une température douce à l'intérieur du logis. Même si par grand vent, celui-ci arrivait à s'infiltrer entre les fûts d'épinette, le torchis qui avait servi à jointer les troncs entre eux était un bon isolant. Ce torchis était composé de boue, de poils d'animaux et de paille. Le mur situé au nord, bien que protégé par la réserve de bois et un toit descendant à hauteur d'homme, était le plus exposé au vent. C'est pour cela qu'il avait été recouvert de peaux de bison, qui se chevauchaient. Ainsi, entre le torchis et les peaux de bison, le blizzard ne parvenait pas à refroidir la cabane.

L'hiver n'était pas encore prêt de partir. « Cannap̆opa wi[1] (tchan-na-pro-pra oui : Février) » venait de se terminer et nous n'étions qu'au début de

« *Istawicayazan wi* (ich-ta-oui-tcha-ya-zan oui : la lune des yeux gelés[2]) ». Même si dans le milieu de la journée, le soleil parvenait à dégeler quelques centimètres de neige située en plein sud, il n'était pas suffisamment haut dans le ciel pour réchauffer l'atmosphère. Le froid était encore bien présent tout au long de la journée. La température restait négative, même au plus chaud de l'après-midi. Quant aux nuits, elles étaient simplement glaciales. Les précipitations étaient encore constituées de neige et « *iwoblu* (ı-ouo-blou : le blizzard[3]) » faisait encore souffrir la végétation, les animaux et les hommes. Par endroit, les épinettes sous l'emprise du gel voyaient leur écorce éclater. Le claquement sinistre produit par cette détonation résonnait dans le silence de la nuit, comme un coup de fusil. Et lorsque le soleil daignait se montrer, les températures descendaient vers des froids polaires, -30° en pleine journée, -40° la nuit. Les chiens de prairie restaient cachés au plus profond de leur terrier. L'épais manteau de neige constituait un bon isolant, ne laissant pas entrée le froid dans leur refuge. Ils allaient rester ainsi encore deux long mois, en pleine hibernation bien au chaud serrés les uns contre les autres, à attendre les jours plus chaud du printemps. De leur sommeil semi-comateux, ils ne s'extirpaient, que pour effectuer leurs besoins et éventuellement grignoter un petit peu de fourrage ou des baies stockées au fond du terrier. Mais bien vite, ils retournaient se blottir avec les autres. Quant aux hommes, ils restaient au chaud dans les cabanes de bois rond, ou au fond des tipis. Ils ne sortaient que pour aller chercher du bois ou de l'eau à la rivière. Le bois de chauffage était toujours empilé contre le mur nord des cabanes.

Chaque jour, les femmes du « wicoti[4] (oui-tcho-ti : village) » devaient effectuer la corvée pour l'eau. Celle-ci consistait à déboucher le trou creusé dans la glace, à l'aide d'un tomahawk[5] et d'une lance. Ainsi équipées, elles pouvaient puiser l'eau dans la rivière. Même les plus téméraires, ceux qui ne voulaient vivre que dans les tipis, comme autrefois dans les grandes plaines, avaient dû se résigner à partager les cabanes de bois rond, pour échapper à cet hiver extrêmement rigoureux qui n'en finissait plus.

Cela faisait maintenant six jours que le blizzard sévissait, causant le blanc dehors[6]. Cette tempête de neige vigoureuse, associée à des températures extrêmes et du vent chargé de flocons, réduisait la visibilité. Personne ne pouvait survivre bien longtemps dehors, dans ces conditions excessives. La première partie du corps susceptible de geler, était les yeux. Un ancien du village avait eu les yeux gelés au cours du terrible hiver de l'année 1862.

Année tragique, puisqu'au cours des guerres indiennes menées par Little Crow du 17 août au 26 décembre, pas moins de cent cinquante Sioux furent tués lors des batailles de : Fort Ridgely, Birch Coulee et Wood Lake. Mais ce qui marqua le plus les Sioux cette année-là, ce sont les exécutions par pendaison de trente-huit de leurs hommes à Mankato[7] le 26 décembre1862.

C'est depuis cet hiver-là, que les Amérindiens appellent cette période de l'hiver : « La lune des yeux gelés, *Istawicayazan wi* (ich-ta-oui-tcha-ya-zan oui)[8]. » Cette période de mauvais temps pouvait durer, trois, six ou neuf jours de suite. En ce début de sixième jour, « *iwoblu* (i-ouo-blou) » ne semblait pas vouloir s'arrêter.

Comme tous les matins, Shalan avait mis de l'eau à chauffer sur le coin du fourneau, avant de sortir chercher du bois sous l'appentis.

Tout en faisant couler de l'eau bouillante sur les feuilles de thé, Antoine regardait par la fenêtre. Là-bas à l'est, derrière la montagne des esprits, le jour semblait se lever. Dans le ciel bouché par des gros nuages gris/noir, une raie bleutée, dans le ciel de l'aube naissante, annonçait un changement de temps. Ou du moins une accalmie sur le front des chutes de neiges. Le vent avait cessé dans la nuit, mais le froid avait accentué son emprise de quelques degrés. Des épinettes avaient encore souffert pendant la nuit et certaines avaient éclaté. Les réserves de bois mort pourront ainsi être reconstituées dés le printemps. Ce bois sera utilisé pour la cuisson des aliments, mais aussi pour allumer le feu. Pour le bois de chauffage, c'était les parties intactes des épinettes ayant explosé pendant l'hiver, ou ayant été foudroyées pendant les orages d'été qui seront utilisées. Celles-ci une fois sciées et fendues étaient stockées et mises à sécher contre les murs nord. Le complément étant constitué de divers arbres abattus et débités, mais aussi de bouses de bison séchées.

Il coupa des lamelles de « *talo*[9] (tra-lo : viande de bison séchée) » et des tranches de pain banique, qu'il agrémenta de confiture de bleuets. En face de lui, Amarok le regardait et attendait sa gourmandise. Il savait que son maître allait lui donner un bout de viande.

Antoine lui en présenta un morceau dans le creux de la main. Son chien avança délicatement la gueule et le plus délicatement possible, attrapa le morceau de « *talo* » et l'engloutit en une fraction de seconde.

La porte s'ouvrit en grinçant légèrement et, Shalan apparut dans l'entrebâillement de celle-ci. Sa silhouette longiligne aux formes parfaitement dessinées dans sa robe en wapiti, apparaissait en ombre chinoise dans l'embrasure. Elle était grande pour une indienne, elle mesurait près de cinq pieds cinq de hauteur soit 1m65. Sur son visage ovale, se côtoyaient des yeux marrons pétillants d'entrain, un joli petit nez légèrement en trompette et une bouche sensuelle. Sa figure était encadrée, par deux grandes nattes d'un noir profond. Sa peau ambrée était douce comme la fourrure d'un lapin et sentait bon la saponaire[10]. Sa frimousse juvénile respirait la douceur, l'amour et la joie de vivre. C'était ce minois qui avait fait tourner la tête à Antoine. Elle entra avec une brassée de bois qu'elle déposa à côté du mangetout[11].

« Hau, tokeśke yaun he ? (Bonjour comment vas-tu ?)

- Ça va et toi ? (Tanyan waun welo, niś ?)
- Miś eya tanyan waun welo (Moi aussi ça va). »

Elle embrassa son homme, qui la prit dans ses bras et la souleva du sol avant de se mettre à tourner. Cela eut pour effet de déclencher les rires de Shalan. Antoine la reposa à terre. Elle prit place à côtés de lui et se tartina une tranche de pain avec la confiture de bleuets, tout en mangeant un morceau de « talo (tra-lo) », le tout était accompagné d'une tasse de thé bouillant.

Antoine préparait le traineau, il devait partir trapper, pour se réapprovisionner en viande fraiche, et cela malgré le froid. Les chiens, excités par la passion de tirer le traineau, sautaient sur place et gémissaient de plaisir, à l'idée de partir sur la piste. Un dernier regard vers la cabane de bois rond, où Shalan regardait la fin des préparatifs, et le départ fut donné. Il n'avait pas fini de relâcher le frein et de crier :

- allez les p'tits loups », que déjà la ligne de trait s'était tendue. Dans un élan commun, les onze malamutes emmenés par Amarok avaient décollé les patins du traineau et s'élançaient entre les cabanes de bois rond. D'autres chiens de traineau aboyaient d'excitation sur leur passage. Djee, Djee cria Antoine à l'adresse de son chient de tête. Amarok appuya sur la droite suivi par les autres membres de l'attelage. Le virage à droite fut passé à grande vitesse. Juste le temps de dire Yap, Yap, que déjà le virage à gauche arrivait à grande vitesse. Après avoir bien négocié les deux virages permettant de sortir du village, l'équipage retrouva la rivière, qu'il aborda dans un glissement transversal du traineau.

Celui-ci glissait à vive allure sur la rivière gelée, filant entre les berges et les plages qui servaient de plan incliné pour remonter sur la terre ferme. Dans quelques minutes ils abandonneraient la glace, pour s'enfoncer sur la piste de neige dure qui courait dans la forêt. Parfois, Antoine faisait une halte ou un crochet, pour poser une ligne de pêche, relever les collets à perches enlevantes. Après plusieurs kilomètres passés sur la rivière, il remonta sur la berge, pour suivre son chemin de trappe. Depuis qu'il chassait, il ne prélevait que le stricte nécessaire pour se nourrir et alimenter ses chiens. La journée avançait, et la pause au bord de la rivière lui permit d'apprécier la viande d'ours et de « Talo » séchée, ainsi que le pain banique et la confiture de bleuets. Assis sur le traineau, et malgré le froid intense de cette journée ensoleillée, Antoine profitait au maximum de ces paysages merveilleux, après tout ce temps où le froid et le mauvais temps ne lui avaient pas laissé la possibilité de sortir de la cabane. Même si la neige représentait 80% du paysage, les bosses, les vallons et les épinettes, recouvertes de ce coton blanc, permettaient une multitude de visions et de perspectives, toutes plus belles les unes que les autres. Parfois, il apercevait une perdrix des neiges, à peine visible lorsqu'elle était posée sur la neige, si ce n'est par son petit bec et le contour de son œil noir surligné de rouge. Mais lorsqu'elle s'élevait dans le ciel d'un bleu azur, son plumage blanc immaculé prenait un aspect surréaliste, et son vol devenait angélique, laissant derrière elle une simple trace dans la neige fraîche, merveilleux dessin figé par le froid, où l'empreinte de ses ailes côtoyait les traces de pas laissés par ces frêles petites pattes, recouvertes de duvet protecteur. Quelquefois, Antoine se laissait attendrir par ce spectacle d'une beauté divine, mais aujourd'hui, il savait que toute nourriture serait bonne à prendre. Alors il épaula sa winchester calibre 50 modèle 1886, visa et tira. La détonation faucha en plein vol le lagopède. Au moment de l'impact, trois gouttes de sang s'échappèrent de l'oiseau fauché par la mort. Il regarda tomber le volatile et arrêta rapidement le traineau. Antoine, arrima celui-ci avec l'ancre à neige et partit à la recherche de la perdrix. Sur son chemin, il vit les trois petites gouttes de sang qui s'étaient transformées en trois petits rubis. Quelques mètres plus loin, il trouva le corps de l'oiseau. Il s'agenouilla pour le ramasser et entonna cette prière : « *Oh ! Esprit du lagopède, tu as donné ta vie pour sauver la mienne. Tu fais donc parti de ma famille, comme je fais partie de la tienne. Ton esprit peut aller retrouver les grandes plaines de Wakan Tanka. Reprends ton vol et va en paix sur le chemin éternel.* »

Se redressant, avec le petit corps déjà gelé, il se dirigea vers les chiens qui l'attendaient patiemment roulés en boule dans la neige. Seul Amarok demeurait assis regardant du côté où son maître était entré dans la forêt. Marchant tranquillement, il découvrit des traces de loups en file indienne. Cela lui rappela une histoire, que lui avait raconté Renard Rouge, un jour où, il était à la chasse à l'orignal : « *En bordure de piste, je remarquai les empreintes d'un petit orignal, puis celles d'un loup. Je remontai en suivant les traces. Tout à coup je me trouvai face à face avec une superbe louve sortie soudain des fourrés. Sa queue en panache me faisait un signe d'amitié. Elle me regarda de ses yeux phosphorescents, puis disparut dans les fourrés, satisfaite de son examen[12].* »

Le soleil froid d'hiver descendait là-bas à l'ouest et d'ici peu, la nuit viendrait et avec elle le froid et peut-être même le retour de « *iwoblu* (i-ouo-blou). » Le traineau chargé de poissons, de perdrix, de lapins, de castors et autres animaux trappés, prit le chemin du retour. Antoine laissa aller les chiens d'un bon rythme, en direction du village. La piste qu'ils avaient tracés à l'aller, avait eu le temps de durcir pendant la journée et, elle offrait maintenant un parfait revêtement pour laisser s'exprimer les chiens. Le traineau volait plus qu'il ne glissait sur le sol. D'un Djee ou d'un Yap, Antoine faisait pivoter le traineau vers la droite ou vers la gauche en fonction des virages de la piste. Soudain, au détour d'une sinuosité, une meute de loup traversa le chemin de trappe. La bande regarda l'homme. Ils jetèrent un œil distrait vers leurs cousins domestiqués par l'homme blanc. Antoine fit arrêter l'attelage, mais, les loups s'étaient déjà volatilisés et seules les traces de leurs pattes indiquaient le chemin qu'ils avaient pris, pour poursuivre tranquillement leur bonhomme de chemin. Il est des rencontres qui vous marquent pour la vie, la vision furtive de cette meute de loup, en faisait partie. La ressemblance avec son chien de tête était frappante, mais finalement pas si anodine. Amarok était le fruit d'un croisement entre une chienne malamute et un loup. Cette pratique très repandue chez les Amérindiens, était inconnue chez l'homme blanc. En effet, elle consiste à laisser les chiennes en chaleurs se faire couvrir par un loup. Souvent, c'était un loup non dominant, qui profitait de cette opportunité. Le loup Alpha s'accouplant uniquement avec la louve Alpha, permettant ainsi la croissance de la meute. Une fois que la chienne met bas, on ne conserve que les chiots mâles de la portée et éventuellement une femelle, pour renouveler la meute.

La nuit venait de tomber, quand Antoine arriva devant la cabane de bois rond où l'attendait Shalan, et un bon feu de bois, qui allait lui redonner vie. La température était déjà très basse et le froid l'engourdissait. Debout à l'arrière du traineau, il n'y avait rien pour s'abriter, et le courant d'air produit par la course des chiens, amplifiait le ressenti du froid, sur le peu de peau qui restait sous l'emprise du vent. Il détela les chiens et leur donna leur ration de soupe chaude avec des gros morceaux de viande d'ours, que Shalan avait préparé.

Il y avait maintenant plusieurs hivers qu'ils partageaient leurs vies dans cette cabane de bois rond. Elle savait aussi bien qu'Antoine, ce que devait manger les chiens pendant l'hiver, et surtout après une journée de trappe. Ils étaient aux petits soins l'un pour l'autre, toujours prêt à s'aider mutuellement et à veiller l'un sur l'autre. Si Wakan Tanka[13] n'avait pas encore autorisé la venue viable, d'un petit être fait de chair et de sang, c'était certainement pour mettre à l'épreuve du temps cette union entre un Wasichu[14] et la fille du chef Lakota Renard Rouge.

Chapitre 2

Il était 9 heures 30, en ce 29 décembre 1890, lorsqu'un jeune Lakota âgé d'environ dix ans, échappa par miracle au massacre de « *Cankpe opi* [15] (tcank-pé-o-pi) » Wounded Knee. Ce carnage perpétré par le célèbre 7ème U.S de Cavalerie, était sous les ordres du colonel James W. Forsyth. Lors de cette tragédie, sa mère, son oncle Yellow Bird et d'autres membres de sa famille perdirent la vie. On dénombrera, sur la terre labourée par les obus des canons, 146 indiens morts (84 hommes, 44 femmes et 18 enfants) et 51 blessés (dont 7 décèderont, des suites de leurs blessures). Quelques années plus tard, il allait devenir le chef Lakota Renard Rouge et donnerait la vie à Shalan, sur les territoires du Canada. En effet, les quelques survivants s'étaient enfuis de ce terrible massacre. Ils avaient marché dans le blizzard, pendant de longues journées, s'enfonçant toujours plus dans ce nouveau pays. Le soleil était revenu, mais le froid était toujours aussi vif. Ils étaient partis s'installer sur les terres de leur Grand-mère. C'est ainsi qu'ils appelaient la Reine d'Angleterre et du Canada. Ils voulaient mettre la plus grande distance entre Wounded Knee et leur nouvelle vie. Alors le voyage dura, dura, jusqu'au jour où arrivant au Québec, ils décidèrent de s'arrêter. Parmi la poignée d'hommes, de femmes et d'enfants qui était arrivés jusque là, se trouvait Hanwi, La future mère de Shalan. Elle était la nièce de Big Foot (Si Tanka). Après la bataille de little big horn, et Jusqu'au 15 décembre 1890. Si Tanka avait prôné la paix entre les blancs et les amérindiens. Mais apprenant la mort par trahison de Sitting Bull, avec lequel il avait combattu le général Custer, il décide de quitter son village pour rejoindre au plus vite Red Cloud. Ce sont près de trois cent Sioux Miniconjous, qui se lancent dans un périple de plus de deux cent cinquante kilomètres, à travers une contrée désolée, en plein mois de décembre. Ils seront rattrapés, la veille du massacre, alors qu'ils montent leur campement pour la nuit. Les photos, du corps gelé de Big Foot, sur les terre de Wounded Knee, ont fait le tour du monde.

C'est dans leur pays d'accueil, qu'Hanwi et Renard Rouge devaient devenir mari et femme. Ils donnèrent naissance à une belle petite fille. Ils lui donnèrent comme nom, celui de Shalan Si Tanka. Mais pour oublier la tragédie, tout le monde dans le village, l'appelait simplement Shalan. Hanwi ne put jamais donner d'autres enfants à son mari. D'une constitution frêle, elle devait décéder de la maladie qui brûle les poumons[16], alors que Shalan n'avait pas encore deux ans. Elle fut élevée par son père et « Wicahpi [17](witchatrh-pi : Étoile du matin) ». Celle-ci ne deviendra la seconde femme du chef, que bien des années plus tard. En effet, Renard Rouge attendra que Shalan fête son cinquième anniversaire. De cette deuxième union devait naître six autres enfants, deux filles et quatre garçons. Cette grande famille se fixa au bord du lac Péribonka[18]. Mais seulement deux garçons devaient atteindre l'âge adulte. Les deux filles ainsi que deux des garçons devaient mourir à cause des différentes maladies apportées par les blancs. Après plusieurs années passées au Canada, la petite tribu s'était sédentarisée et avait constitué un village d'une vingtaine de Tepee, avec une maison longue. Cette habitation servait de salle commune, de poste de traite, d'abri contre les inondations et de salle du conseil. Ils avaient commencé à voir arriver des blancs pacifiques dans leur village. Ils avaient effectué les premiers échanges, avec les trappeurs et autres coureurs des bois, de la Nouvelle France. Echangeant des peaux, contre tous les ustensiles nécessaires à la vie, dans un village d'Amérindiens qui se sédentarisaient.

La Nouvelle France, c'est comme cela que l'on appelait le Québec, à l'époque du Canada Français. Même si depuis longtemps les français avaient dû laisser la place aux anglais. Les terribles et sanglantes batailles, que les deux puissances s'étaient livrées, avaient laissé des traces profondes dans le cœur des hommes. Le grand dérangement[19] n'avait pas arrangé les choses. Le pays était partagé entre descendants anglais et français. De nombreuses familles comportaient au moins un français d'origine dans ses membres. Le village de Renard Rouge n'avait pas échappé à cette règle. De nombreuses femmes sioux avaient épousé des français. Tout le village vivait en parfaite harmonie. Qu'ils soient

Sioux, blancs ou métisses, tous ne formaient qu'une tribu. Ils appartenaient tous à la tribu de Renard Rouge, et l'esprit du clan était le plus important. Le conseil des sages veillait sur le bien être de tous, sur les us et coutumes. Ils débattaient de tous les points importants pour la communauté. Aucune décision importante pour le village, ne pouvait être prise sans l'aval du conseil des sages.

Le père d'Antoine était arrivé au Canada, à bord du paquebots « La Normandie ». Par un beau matin de juin 1881, il avait débarqué sur le port de Québec. Pour seul bagage, il avait un gros sac en toile de jute, d'un marron plus très clair. Il avait embarqué pour le nouveau monde, pour fuir un passé qui le hantait continuellement. Pour payer sa traversée, il avait travaillé comme matelot, pour le compte de la Compagnie Générale Transatlantique. Surnommée « La Transat » par la clientèle anglophone. Il avait pu, ainsi faire table rase de son histoire, et recommencer une nouvelle vie.

Dans cet immense pays, ou le pédigrée, l'origine ou la généalogie de la personne étaient secondaires, et où la main d'œuvre était recherchée, il n'avait eu aucune difficulté à travailler sur le port, comme docker. Du lever au coucher du soleil, il chargeait et déchargeait les bateaux. Un jour, il lut la saga Bas-de-cuir de James Fenimore Cooper. Dans cette saga, il commença par lire dans l'ordre de cette œuvre : « Le tueur de daims », « Le dernier des Mohicans », « Le lac Ontario », « Les pionniers » et « La prairie ». Suite à la lecture de cette saga, il voulut devenir trappeur et chercheur d'or, pour ressembler aux héros de M. Cooper. Après plusieurs années, il avait pu amasser suffisamment d'argent pour penser à acheter un lopin de terre, construire une cabane de bois rond, au milieu des bois et penser à fonder une famille. Il épousa en premières noces Marie, qui devait succomber au cours d'une fausse couche, six mois après leur mariage. Brisé par le chagrin, il avait décidé que sa belle s'envolerait vers l'au-delà, d'une façon particulière. Que pouvait-il lui offrir de mieux, comme écrin, que de partir avec sa maison ? Alors, il lui passa sa plus belle robe, lui natta les cheveux. Puis, il la posa délicatement sur leur lit, ensuite, il remonta sur son corps une couverture très douce en peau de wapiti. Il regardait son visage détendu, il l'embrassa, mais ses lèvres étaient glacées. Il caressa ses cheveux, alors que des larmes coulaient le long de ses joues. Dans un dernier effort, il avait recouvert le visage de sa douce et tendre Marie. Il avait alors attrapé un bidon de combustible aspergea l'intérieur de la cabane de bois rond, puis sortant, il avait continué à répandre le liquide inflammable, sur les murs, sur le toit. Là, debout devant la porte, il avait alors allumé le feu. Avec l'aide du vent et du combustible, la cabane s'embrasa. Il resta assis non loin de la maison en feu, sentant la chaleur des flammes sur son corps, regardant avec des yeux vitreux et emplis de larmes. Ses larmes s'envolaient avec sa

Marie, vers l'au-delà. Il resta assis sur la pierre du bassin, deux nuits et trois jours à contempler, le feu puis la fumée et enfin les dernières braises qui finissaient de se consumer. A la fin de ces trois jours de deuil, il mit son sac de jute marron pas très clair, sur son cheval, monta en selle et partit vers l'Ouest, sans regarder en arrière. D'ailleurs que restait-il à voir, un tas de cendre ? Il n'avait jamais cru en dieu. Un mécréant disaient les robes noires.[20] Lucien avait toujours pensé que Dieu était contre lui. Il reprit sa vie de trappeur et pendant plusieurs années il voyagea par monts et par vaux, traversant le Canada, d'Est en Ouest, du nord au Sud. De l'océan atlantique à l'océan pacifique, il noya son chagrin dans tous les comptoirs de la baie d'Hudson, et autres comptoirs plus ou moins fréquentables. Partageant sont lit, avec toutes ces filles de bonne famille, de mauvaises fréquentations et de petite vertu, qui fréquentaient les tavernes et autres lieux de perdition. Puis un jour, il commença le voyage de retour. C'est au cours de ce périple, que Lucien rencontra Eugénie, sa seconde épouse, mais surtout la mère d'Antoine. Le mariage eu lieu à Québec en plein mois de juillet et neuf mois plus tard, un petit garçon voyait le jour sur les rives du lac Péribonka. Les parents d'Antoine étaient venus s'installer dans le village de Renard Rouge, car le frère d'Eugénie était marié avec une Sioux du village. Le bonheur enfin retrouvé, ne dura pas longtemps, et l'enfant ne connaitra jamais sa mère. En effet, celle-ci décéda deux jours plus tard des suites de l'accouchement. S'en était trop pour le père d'Antoine. Lucien sombra définitivement dans l'alcool, et au cours de l'hiver suivant, alors qu'Antoine n'avait pas encore un an, il succomba à une mauvaise grippe. Après l'enterrement de Lucien, Antoine fut adopté par Wicahpi (wi-tchatrh-pi : Étoile du matin) et Renard Rouge. Ils l'élevèrent comme leur propre enfant. Il faisait partit intégrante de la famille et de la tribu, par extension. Il fut élevé en bon « *Lakota* (la-kro-ta) ». Seuls ses yeux bleus permettaient de le distinguer des autres enfants. Avec les années, sa peau était devenue aussi brune que celle de n'importe lequel des enfants du village. Personne ne pouvait deviner son origine d'enfant blanc. Il avait appris tous ce que devait connaître un enfant amérindien mâle et parfois, il avait même eu plus de facilités, et des aptitudes plus développées que certains autres enfants du village.

Après une enfance passée sous le tepee de Renard Rouge et d'étoile du matin, à vivre comme les autres papooses de la tribu, malgré l'amour de sa famille adoptive, il décida de partir vivre sa vie comme un trappeur, loin au nord, près du lac Pygargue. Il n'avait pas encore dix-huit ans lorsqu'il prit cette décision. Toute la tribu était triste de sa décision, mais ils ne se sentaient pas capables de le retenir. Ils savaient qu'une fois l'hiver passé, il partirait vers le nord en direction du lac du camp d'été.

Chapitre 3

C'est à « canwapenanbleca wi (tchan-oua-è-nan-blè-tcha oui), [21] » la lune, quand les bourgeons apparaissent, que le cheval de bât fut attelé au travois et, son chargement sanglé avec de la corde en babiche[22]. Et quel chargement, un tepee complet, des peaux, une hache, des filets, une lance, un fusil, deux paires de raquettes. Mais aussi, des pièges, de quoi se nourrir, des vêtements, des mocassins tout neufs, des bottes, du cuir pour réparer harnais et traineau, enfin tout ce qui était lourd et encombrant. Ses chiens ne furent pas oubliés. Les sacoches arrimées au harnais étaient lourdement chargées. Elles étaient remplies de réserves de nourriture, de cartouches et autres petits ustensiles nécessaire à la vie de tous les jours. Après avoir vérifié une dernière fois l'arrimage du chargement, il enfourcha son mustang pie. Il saisit le licol du cheval de bât et, alors qu'il allait prendre le chemin du nord, le chaman pris la parole et, s'adressant à toute la tribu, il leur dit : *« Un jour il reviendra épouser une de nos squaws. Mais pour l'instant, il doit trouver sa voix et son animal totémique. Qu'il aille et que Wakan Tanka soit avec lui et que celui-ci le guide dans sa quête. »*

Parmi tous les yeux qui le regardaient partir, il y avait ceux d'une jeune fille …Shalan avait déjà le cœur qui battait pour celui qui avait partagé son enfance, dans la verte prairie qui entourait le village.

Antoine donna l'ordre du départ pour un voyage de deux à trois jours soit une petite centaine de kilomètres, qu'il allait parcourir au pas. Le temps mis pour parcourir cette distance n'avait que bien peu d'importance. D'ailleurs, *« Qui veut voyager loin ménage sa monture*[23] *»*.

Amarok et les autres chiens se rangèrent derrière les chevaux et ils adoptèrent le même rythme, lent et régulier que le pas des équidés. Ils longèrent les berges du lac Péribonka jusqu'à la bifurcation avec la rivière de la carpe. Le chemin qu'ils suivaient longeait la rivière sur plusieurs kilomètres, jusqu'à un nouveau changement de direction. La petite troupe vira à droite après l'épinette rouge située sur le gros rocher noir. Ils remontaient le long de l'affluent. Le chemin devenait plus étroit, plus escarpé, coincé entre la rivière et la forêt d'épinettes. Mais, il était suffisamment large pour laisser passer le travois. Le soleil était déjà bien bas sur l'horizon, lorsqu'ils arrivèrent à l'endroit où commençait la rivière à proprement parlé. Mais, avant de s'enfoncer plus avant dans la forêt d'érable et de résineux, Antoine décida de s'arrêter pour la nuit. Il monta un abri léger constitué d'une natte en fibre de roseau pour recouvrir le sol, sur laquelle il posa une peau de bison et, une clé de branchage à mi-hauteur d'homme pour protéger d'une éventuelle averse, fréquente à cette époque de l'année. Il libera les chiens de leur chargement et les autorisa à partir chasser.

Avec des branches d'épinettes et des rameaux d'érables qu'il tressa minutieusement, il fabriqua un berceau à fumer, qu'il recouvrit d'une vielle peau d'orignal. Il creusa un trou, dans lequel il alluma un bon feu. Quant à lui, il saisit sa fourche en forme de harpons et son filet afin de partir pêcher. Il ne mit pas longtemps à prendre une vingtaine de beaux saumons qu'il vida et nettoya, avant de revenir au camp. Il coupa des branches d'épinette sur lesquelles, il fixa huit salmonidés afin de les fumer. Il en fit griller un neuvième pour lui. Quant aux onze autres, il les mit de côté afin de les donner aux chiens, à leur retour de chasse. Il surchargea le feu avec des banches d'érable et d'épinettes vertes et humides, ainsi recouvert, celui-ci allait produire une fumée plus abondante. Il attrapa le berceau à fumer, qu'il avait au préalablement confectionné et, il en recouvrit le feu et les poissons, pour que ceux-ci soient bien fumés à cœur.

Antoine était allongé sur sa peau de bison, qui reposait sur la natte en fibre de roseau, et l'isolait du sol humide. Couché sur le dos, la tête légèrement surélevée, il regardait le ciel où les étoiles dansaient et l'illuminaient, comme mille feux scintillants. Wakan Tanka avait créé de bien belles choses, et le ciel était peut-être la plus belle. Souvent, le soir, il contemplait le ciel, lors des expéditions de chasse, et le spectacle lui remplissait le cœur de joie. Il connaissait les constellations les plus importantes et, il savait se diriger la nuit avec l'aide de l'étoile polaire. En regardant le ciel, il imaginait la forme des animaux, en reliant les étoiles entre elles. C'est dans un état de béatitude que lui revint du fond de sa mémoire, l'histoire de la constellation de la Grande-Ourse, que lui racontait Renard Rouge, alors qu'il était encore enfant. Cette histoire disait : « *Dans la forêt des Chênes, chaque soir, quand la nuit arrivait, les arbres avaient l'habitude de se déplacer et de discuter entre eux. Un jour, une ourse se perdit dans la forêt et quand la nuit tomba, les arbres se réveillèrent et commencèrent à se déplacer comme ils le faisaient d'habitude. L'ourse, effrayée, se mit à courir dans tous les sens pour ne pas se faire écraser par les arbres. Mais comme la nuit était une nuit sans Lune, elle se cogna contre l'un d'eux, qui, en colère parce qu'elle ne s'était pas excusée, se mit à la poursuivre à travers la forêt. La poursuite dura toute la nuit, l'arbre ne courant pas assez vite pour rattraper le rapide animal. A la fin de la nuit, juste avant que les premiers rayons du Soleil ne figent l'arbre, celui-ci tenta une dernière manœuvre désespérée : il lança sa plus longue branche en direction de l'ourse et, par chance pour l'arbre, l'attrapa par la queue. Il la fit tournoyer plusieurs fois, de plus en plus vite, et la projeta vers le ciel. Il la lança tellement fort que l'ourse atteignit la voûte céleste où elle est restée accrochée pour l'éternité. »*[24]

Le bruit des chiens, qui arrivaient de la chasse, tira Antoine de la somnolence où l'avait emmené l'histoire de la Grande Ourse. Il se leva en s'étirant et leur distribua à chacun une partie des saumons, puis rechargea le feu et le recouvrit du berceau car les saumons n'étaient pas totalement fumés à cœur. Il mangea de bon appétit son saumon grillé avec du pain banique, et quelques baies des bois stockées dans de la graisse de bison. Les baies des bois étaient soit séchées et alors elles pouvaient se conserver longtemps, soient elles étaient mélangées à de la graisse de bison, pour une conservation moins longue. Dans le second cas, elles étaient souvent consommées avec de la viande ou du poisson cuit.

Il s'enroula dans sa peau de bison, les yeux tournés vers le ciel. Le vent soufflait au-dessus de lui, lorsque soudain le ciel s'illumina de couleurs variées. La danse des aurores aux filaments verts et bleus accompagnés de vent et de grondements, emplissait l'espace autour d'Antoine. Par moment, celle-ci rappelait la cavalcade des esprits : ici un ours en train de grogner, là-bas un chasseur à l'affut où encore un troupeau de bisons qui traverse le ciel. Le spectacle était saisissant voire ahurissant. Les nuages défilaient à grande vitesse. La luminosité ambiante faisait apparaitre des ombres chinoises. Ce fut celle d'un orignal avec son petit qui fut la plus impressionnante. Antoine restait là, à regarder danser les nuages et les aurores boréales, dans un ballet rythmé par le son du vent et des grondements sourds. Les luminosités variaient du jaune au vert en passant par toutes les couleurs de l'arc en ciel. Celles-ci dansaient sous la voûte étoilée, qui était traversée par une pluie d'astres filants. La voie lactée se reflétait dans les eaux sombres de la rivière. Un ours chassant le saumon sauvage apparut loin à l'est. Alors que, plus loin encore, un troupeau de bisons traversait la voie lactée. C'est un amas d'étoile, qui ressemblait à un vol d'outardes.[25] Ce vol en direction du sud le subjugua. La farandole des aurores boréales aux multiples couleurs l'enivrait. Il entendait le chant doux et mélodieux des femmes qui berçaient les enfants. Ou bien le visage de Shalan et de ces longs cheveux noirs dansant dans le vent du nord. Il était dans un rêve éveillé, des milliers d'étoiles s'entrechoquaient les unes aux autres. Quelles sont ces nébulosités au cœur de ces champs d'étoiles ? Il imaginait des animaux ou des personnages, en reliant les étoiles entre elles. Ici, il dessinait un ours, là une couronne, ou encore un chasseur. Le spectacle était fascinant, le temps s'était arrêté. Seul le ballet des formes, aux couleurs multiples était envoûtant. La montagne des esprits s'élevait dans la noirceur de la nuit. Son sommet flirtait avec les aurores boréales. Par moment des hordes de cerf de Virginie tournaient autour de la cime. Ce spectacle associé au bruit de la nuit, et au flux et reflux du lac, l'enivrait et le transportait dans un état second. Au loin, dans le nord, le chant d'un loup en chasse lui rappelait comme la vie peut être impitoyable. Il voyait la tribu de Renard Rouge qui partait à la chasse, chaque homme sur son cheval à la poursuite du grand troupeau de bisons. Son cœur était léger, ses yeux étaient déconcertés et lui semblaient lourds, son corps était engourdi, plus rien ne pouvait lui arriver. Il était dans les grandes plaines avec Wakan Tanka[26]. Ni le froid, ni la faim, ni la mort ne lui seraient plus jamais familiers. Il flottait au-dessus de la rivière, et les feux du ciel l'enveloppaient et le réchauffaient. Le sommeil le gagnait et ses yeux se fermèrent.

Le jour venait de se lever. Un Harfang des neiges passa au dessus de la tête d'Antoine, dans un silence parfait où seul le murmure du glissement de l'air sur les plumes, de l'oiseau de nuit était perceptible. Ce bruissement le réveilla en sursaut. Les cheveux hirsutes, l'œil hagard et la bouche pâteuse, il enleva le berceau et fit repartir le feu avec du petit bois. Qu'avait-il pu se passer au cours de la nuit précédente et au cours du survol des vastes plaines de Wakan Tanka ? Des images lui revenaient par bribes, mais toujours vagues et n'ayant aucune relation entre elles. Cette question lui trottera dans la tête une bonne partie de la journée, sans y trouver de réponse. Il vérifia le fumage des poissons, les enveloppa dans une peau de cerf de Virginie, puis les rangea dans son sac à provisions. Il mit à chauffer de l'eau pour préparer du thé. Pendant que celle-ci, suspendue au-dessus du feu montait en température, il distribua une portion de poissons aux chiens et commença à les harnacher. Il but son thé en mangeant de la viande de bison séchée et un morceau de pain banique accompagné de quelques baies de bleuet séchées.

Il vérifia l'arrimage du lourd chargement qui était fixé sur le travois. Puis, il examina le chargement des chiens et, constata qu'il n'avait rien oublié. Le voyage put reprendre. Toujours en file indienne derrière le mustang pie, et le cheval de bât, les chiens semblaient prendre plaisir à gambader ainsi harnachés. Une longue journée de marche s'annonçait. Elle allait commencer à l'aurore pour se terminer au crépuscule. La petite troupe se mit en route, suivant le chemin qui longeait la rivière. Il allait rapidement entrer dans la forêt pour suivre un vallon, afin de contourner une longue boucle de la rivière. Le passage dans la forêt était bien marqué. Antoine releva beaucoup de traces d'animaux, ici celle d'un wapiti, là celle d'un orignal où celle, plus reconnaissable, d'un loup. Mais celles qui étaient les plus nombreuses, correspondaient à celles des « Ťaťanka[27] ». Le troupeau avait dû emprunter cet itinéraire, il y a peu de temps. En effet, les bouses qui jonchaient le sol du parcours étaient encore fraîches. En posant la main dessus, Antoine avait pu sentir la chaleur sous la croute tendre. Ainsi le grand troupeau avait déjà commencé sa migration vers le nord, et ses pâturages d'été. Ils devançaient l'homme d'un peu plus d'une douzaine d'heures. Ceux-ci devaient se trouver non loin du lac Pygargue. Peut-être étaient-ils sur le grand pâturage qui surplombait le lac, dans sa partie ouest. Si c'était le cas, cela annonçait de belles chasses, mais, surtout de la viande pour nourrir chiens et homme pendant des mois.

Il avait choisi cet endroit, car il était riche en gibier, il y venait régulièrement chasser l'orignal ou le cerf de Virginie mais, rarement, il avait rencontré des bisons. Il savait aussi que les eaux du lac étaient très poissonneuses. Le lac Pygargue avait une particularité. En effet, il ne gelait que partiellement en hiver. Et pour cause : une source d'eau chaude jaillissait, entre deux rochers au nord de celui-ci. Elle s'écoulait lentement vers le lac, en serpentant entre les pierres. La forêt d'épinettes qui s'étendait à l'est, lui fournirait le bois de construction pour les perches du tipi, et pour la cabane de bois rond qu'il souhaitait construire pour l'hiver suivant. Les érables quant à eux, lui fourniraient le bois de chauffage et, à la lune quand les bourgeons apparaissent « canwapenanbleca wi » (tcha-oua-pé-nan-blè-tcha-oui)[28] l'eau qui lui permettra de fabriquer le sirop d'érable. La forêt regorgeant de baies, d'herbes aromatiques et autres herbes médicinales, il pourra les utiliser, pour nourrir et soigner homme et animaux. Elle fourmillait d'animaux et d'oiseaux. Ceux-ci lui fourniraient nourriture et peaux. Ces peaux qu'il échangerait dans les comptoirs de la baie d'Hudson, contre des denrées et autre produits qu'il ne trouvait pas dans la nature. Depuis longtemps, les amérindiens avaient commercé avec les Wasichus. Le troc des peaux contre des pièges, du café ou du sucre avait été monnaie courante, dans ces bois inhospitaliers pour l'homme blanc. Ils avaient compris, le pouvoir des peaux et de l'or sur ce peuple venu de l'autre côté de la Grande Eau[29].

Le brouillard remontait le long du vallon et passait par-dessus les mamelons. Il commençait à recouvrir la vallée, qui disparaissait sous ce voile humide et froid. Le crachin avançait dans la ravine à la vitesse d'un cheval au galop. Antoine se retourna et fut enveloppé par une gangue de brume. Ce brouillard rendait le chemin invisible. Tout autour de lui, ce n'était plus qu'un voile blanc. Plus un seul repère où poser son regard. Il ne distinguait même plus la tête de son cheval. Il baignait dans une sorte de cocon, où tout était aseptisé. Les bruits étaient devenus sourd. Ils semblaient venir de partout, et de nulle part à la fois. Ne sachant plus où aller, il fit stopper son cheval et descendit. Il le tenait par les rênes, tout en tenant la longe de l'autre cheval. Il s'assit aux pieds du premier se demandant ce qu'il deviendrait, si le brouillard ne se levait pas. Pour le moment, il ne devait plus bouger et attendre que l'humidité se lève. La brume était partout présente, alors il s'enveloppa dans une peau d'orignal chaude et imperméable, en espérant, que le smog se lève rapidement. Amarok rejoignit son maître. Une idée germa dans la tête d'Antoine. Mon bon chien, c'est toi qui vas nous conduire de l'autre côté de cette gorge et, nous sortir de cette situation délicate. L'animal ayant compris les paroles de son maitre, il laissa celui-ci attacher les rênes du cheval à son harnais. L'homme se remit en selle en gardant dans la main, la longe du cheval de bât, puis, il donna l'ordre du départ.

- Va Amarok, va mon chien, sors-nous de là. »

Celui-ci commença à avancer. Le cheval le suivait en toute confiance. Les autres chiens allaient et venaient dans le brouillard comme si celui-ci n'existait pas.

L'homme se laissait ainsi guider vers un endroit plus accueillant. Le pas de sa monture le berçait, et il somnolait lorsque l'enveloppe silencieuse se déchira, laissant apercevoir la tête du cheval, puis l'herbe grasse de la prairie. C'est à ce moment-là, qu'il fit arrêter Amarok. Il le libera des rênes du cheval. Antoine reprit ainsi la direction des événements. Puis, petit à petit le ciel bleu réapparut, et enfin les premiers rayons solaires.

Le soleil était haut dans le ciel et son dos commençait à donner des signes de fatigue. Antoine décida d'effectuer sa seule et unique pose de la journée. Juste le temps pour lui, de boire un thé bien chaud, et de manger quelques lamelles de « *talo* (tra-lo : viande de bison séchée) ». Il s'arrêta au bord d'une petite chute d'eau, qui délivrait un son cristallin. Une fois arrêté, il ramassa du bois mort pour allumer un feu et une poignée de bourgeons d'épinette. Après avoir mis en route son feu, il lava les boutons d'épinette et les jeta dans l'eau qui chauffait. Puis, il ajouta des feuilles de thé à infuser. Le saut, hors de l'eau d'une truite, l'incita à pêcher quelques poissons pour les chiens et pour lui. Il se leva pour aller tendre son filet de pêche, en travers de la chute d'eau. Allonger non loin du flot qui coulait à ses pieds, il se laissa aller à rêvasser. Mais bien vite, la réalité lui revient à l'esprit et il releva sa nasse de pêche, où il découvrit une bonne vingtaine de truites. Il les évida, tout en buvant son thé au bourgeon d'épinette, il mangea quelques lamelles de « *talo* ». Il rinça les poissons à grande eau, puis rangea les salmonidés, dans un grand sac en peau de bison. Pendant ce temps-là, il avait laissé les chiens se désaltérer et se reposer. Il les appela et ceux-ci revinrent en gambadant. Avant de reprendre le chemin, il vérifia leurs pattes et leurs chargements. Il ne fallait pas que celui-ci puisse les déséquilibrer car la dernière partie du voyage allait traverser une zone accidentée dans la toundra, puis le chemin vertigineux s'élèverait en lacet pour passer le col de la femme folle. Quant à la descente qui se présentait après le col et qui les emmènerait vers le déversoir du lac Pygargue, il n'était pas plus facile. Il traversait plusieurs pierriers, plus dangereux les uns que les autres. La dernière partie du voyage ne serait pas une mince affaire, ni une partie de plaisir. Mais c'était le seul chemin possible vers le lac Pygargue. Et dire qu'en hiver, le voyage n'aurait pris qu'une journée, en passant par la rivière gelée.

Pourquoi avait-on donné ce nom à ce lac ? Cette désignation avait certainement été donnée par les anciens de la tribu. Ceux-ci savaient très bien, que plusieurs couples d'aigles pécheurs à tête blanche avaient élu domicile, autour du lac. Antoine avait souvent admiré la façon particulière de pêcher du grand aigle.

« Je me rappelle de la première fois où j'ai vu un de ces grands aigles pêcher.

Je ne devais pas avoir plus de quatre ou cinq waniyetu[30] (oua-ni-ye-tou : hiver). C'était au cours de « wipazutkanwaśte wi[31] (wi-pa-zout-kan-oua-chtè oui » la lune quand les fruits sont bons. Je l'avais remarqué, il était perché là-haut, immobile, au sommet d'un grand érable. Je voyais sa tête et ses yeux qui essayaient de repérer un poisson, dans les eaux cristallines du lac. Il localisa soudain un brochet, entre deux eaux. Ses ailes se déployèrent et il prit son envol. Il survola le lac, en direction de sa proie, les pattes tendues vers l'avant, et les serres en attente de sa victime. Puis d'un coup, il plongea sur le brochet. Ses serres se refermèrent sur le dos du bécard, puis il remonta aussitôt dans le ciel d'un bleu azur. Sa proie se débattait, mais en vain, dans les serres du pygargue, pour échapper à une mort certaine. Seuls les serres et les pattes de l'aigle avaient été mouillées. Des soubresauts agitaient encore le brochet, mais son dernier souffle de vie était en train de quitter le grand poisson. *L'aigle passa au-dessus de moi, en me montrant sa proie. Il alla se poser à une portée de flèches de moi, et commença à dépiauter. La chair rose du poisson fut déchirée, et il la mangea goulument. Je restais là, à le contempler pendant de longues minutes. Jusqu'à ce qu'il eut fini son repas. Puis tournant sa tête une dernière fois vers moi, il prit son envol ou poussant des petits cris spécifiques ».*

D'ailleurs Antoine passait des heures à regarder pêcher cet oiseau majestueux, à la tête blanche. Lorsqu'il le voyait piquer vers les flots, toutes serres dehors prêtes à attraper un poisson. Il savait déjà qu'une fois les serres ouvertes, il ne remonterait dans les airs, qu'avec un beau poisson dans ses pattes. Mais ce qui le fascinait le plus, c'était le regard de cet oiseau. Ce regard hypnotique, capable de voir des minuscules détails à des kilomètres à la ronde. Ses yeux jaune vif à la pupille noire semblaient être constamment à la recherche de quelque chose. Aux aguets, comme un prédateur qu'il est, ou sur ses gardes lorsqu'il repérait un homme proche de son nid. Là-haut dans le ciel, son envergure de plus de deux mètres en faisait un oiseau majestueux, jouant des ascendants comme d'autres jouent du tamtam, montant vers les cieux en se laissant porter par les vents ascensionnels, ou piquant vers l'abime à la poursuite de sa proie, dans un plongeon de haute voltige.

D'ailleurs, Charles-Marie LECONTE DE LISLE disait, dans son poème « La chasse de l'Aigle » :

« L'aigle noir aux yeux d'or, prince du ciel mongol,
Ouvre, dès le premier rayon de l'aube claire,
Ses ailes comme un large et sombre parasol.

Un instant immobile, il plane, épie et flaire.
Là-bas, au flanc du roc crevassé, ses

aiglons
Érigent, affamés, leurs cous au bord de
l'aire.

Par la steppe sans fin, coteau, plaine et
vallons,
L'œil luisant à travers l'épais crin qui
l'obstrue,
Pâturent, çà et là, des hardes d'étalons.

L'un d'eux, parfois, hennit vers l'aube ;
l'autre rue ;
Ou quelque autre, tordant la queue,
allègrement,
Pris de vertige, court dans l'herbe jaune et
drue.

La lumière, en un frais et vif pétillement,
Croît, s'élance par jet, s'échappe par
fusée,
Et l'orbe du soleil émerge au firmament.

A l'horizon subtil où bleuit la rosée,
Morne dans l'air brillant, l'aigle darde,
anxieux,

Sa prunelle infaillible et de faim aiguisée.
Mais il n'aperçoit rien qui vole par les
cieux,
Rien qui surgisse au loin dans la steppe
aurorale,
Cerf ni daim, ni gazelle aux bonds
capricieux.

Il fait claquer son bec avec un âpre râle ;
D'un coup d'aile irrité, pour mieux voir de
plus haut,
Il s'enlève, descend et remonte en spirale.

L'heure passe, l'air brûle. Il a faim. A
défaut
De gazelle ou de daim, sa proie
accoutumée,
C'est de la chair, vivante ou morte, qu'il
lui faut.

Or, dans sa robe blanche et rase, une
fumée
Autour de ses naseaux roses et palpitants,
Un étalon conduit la hennissante armée.

Quand il jette un appel vers les cieux
éclatants,
La harde, qui tressaille à sa voix fière et
brève,
Accourt, l'oreille droite et les longs crins
flottants.

L'aigle tombe sur lui comme un sinistre
rêve,
S'attache au col troué par ses ongles de
fer
Et plonge son bec courbe au fond des yeux
qu'il crève.

Cabré, de ses deux pieds convulsifs
battant l'air,
Et comme empanaché de la bête vorace,
L'étalon fuit dans l'ombre ardente de
l'enfer.

Le ventre contre l'herbe, il fuit, et, sur sa
trace,
Ruisselle de l'orbite excave un flux
sanglant ;

*Il fuit, et son bourreau le mange et le
harasse.*

*L'agonie en sueur fait haleter son flanc ;
Il renâcle, et secoue, enivré de démence,
Cette grande aile ouverte et ce bec
aveuglant.*

*Il franchit, furieux, la solitude immense,
S'arrête brusquement, sur ses jarrets
ployé,
S'abat et se relève et toujours
recommence.*

*Puis, rompu de l'effort en vain multiplié,
L'écume aux dents, tirant sa langue blême
et rêche,
Par la steppe natale il tombe foudroyé.*

*Là, ses os blanchiront au soleil qui les
sèche ;
Et le sombre Chasseur des plaines, l'aigle
noir,
Retourne au nid avec un lambeau de chair
fraîche,*

Ses petits affamés seront repus ce soir. »

Une fois, les pattes des chiens vérifiées et le chargement complété avec le sac de poissons, ils s'engagèrent dans la toundra, continuant le voyage vers le lac qui les attendait, là-bas, après le col de la femme folle.

Chapitre 4

Combien de temps allait durer cette accalmie ? Une journée, deux, peut-être trois ? On ne le savait jamais à l'avance. Le mauvais temps pouvait revenir aussi vite qu'il s'était arrêté. Une chose était sûre, il fallait reprendre le chemin de la trappe, pour compléter les provisions de viande, avant qu'une nouvelle période de blizzard ne s'abatte sur le pays. Alors, pour ne pas être pris au dépourvu, ni se retrouver à court de provision, Antoine allait s'enfoncer vers le nord. Là où, à l'abri du Nord-est, les animaux de la toundra avaient trouvé refuge. Bien abrités des frimas de l'hiver, les animaux sauvages allaient attendre le retour des beaux jours. Mais, comme chaque hiver, les différentes espèces animales allaient payer leur tribut à l'hiver. Les plus vieux et les plus fragiles n'échapperont pas aux froids extrêmes, ni aux loups ni aux autres prédateurs. Qu'ils soient à quatre ou à deux pattes, chacun allait tenir tour à tour, le rôle de chasseur ou de proie et, seuls, les plus forts survivront au long hiver. Seul, les chiens de prairie et les ours bien au chaud dans leur terrier ou tanière, allaient passer un hiver paisible. L'homme qui était le plus grand prédateur de tous, ferait des incursions dans le pays d'en haut. Là où l'esprit des ancêtres vivait en parfaite harmonie avec celui des bêtes sauvages. Là, où les animaux de la toundra vivaient sur notre mère la terre, sous la protection de Wakan Tanka. Lui, le grand esprit veillait sur eux, car il était le père de tous. S'il autorisait certains à prélever des êtres vivants pour se nourrir, il attendait en retour un respect et un prélèvement raisonné.

Il y avait une certaine effervescence chez les chiens qui sentaient une journée de trappe arriver. Lorsqu'Antoine arriva pour les atteler, alors que le jour n'était qu'une simple lueur d'espoir, loin là-bas à l'est, les chiens étaient déjà sortis de leur somnolence en s'étirant dans la joie. Ils poussaient des petits gémissements de bonheur et sautaient d'allégresse à la vue des harnais que leur maître avait dans les bras. Chaque chien qu'il avait prévu de relier au traineau, fut harnaché, encouragé et gratifié d'une caresse. Puis Antoine distribua une portion de soupe chaude dans laquelle, il avait mis un beau doré jaune. Ce poisson, habitant des grands lacs aux eaux foncées et fraiches, ne fait pas partit des poissons gras. Mais en cette période de l'année, il venait compléter avantageusement l'apport nutritif des chiens. Pendant que les chiens finissaient leur soupe, il finit de charger le traineau.

Une fois celui-ci en ordre de marche, il démarra dans la nuit glaciale, éclairée par un premier quartier de lune sans nuage. La lumière sélène que la neige reflétait, illuminait le paysage d'un éclairage froid et fantomatique. Cette clarté ainsi diffusée permettait de voir presque normalement. Amarok à la tête des onze malamutes de l'attelage s'était élancé à l'assaut de la piste de trappe, comme un forcené. Il allait les conduire loin au nord à travers la forêt d'épinettes. Mais d'abord, ils devaient quitter les bords du lac Pygargue. Pour cela, l'attelage avait bifurqué à droite sur la rivière de la carpe, en direction du lac de la grosse loutre. Les chiens tiraient le traîneau sur la rivière gelée, avec un entrain qui faisait plaisir à voir. Antoine debout sur les patins, n'intervenait que dans les virages en pesant de tout son poids, soit sur le patin droit, soit sur le gauche, en fonction de la direction du virage. Cette manœuvre permettant au traineau de tourner, le plus à plat possible, sans risquer de se renverser. Il arrivait aussi à Antoine de faire ralentir ses chiens en appuyant sur le frein. Au milieu du lac de la grosse loutre, le chemin s'orientait plein nord et, après un dernier virage à droite, l'itinéraire regagnait la terre ferme et la forêt d'érables qui jouxtait sur plusieurs milles, la forêt d'épinettes. Aujourd'hui serait une belle journée pour la trappe. Les pièges à ours, à castors, à loups, sa Winchester 76 calibre 50 et son arc reposaient dans le traineau. Les chiens soulevaient de la neige dans leur course en avant et, une multitude d'arcs en ciel voletaient autour d'eux, dans les rayons solaires de l'aube naissante.

Partout dans le pays, on entendait les loups hurler. Mais pas le hurlement habituel. Non, un hurlement de mort latente. Une mort qui accompagne l'hiver et qui ne laisse aucune chance au plus faible. Une mort qui est due au manque de nourriture. Jamais le grand canidé n'avait autant souffert de la faim, qu'en ce début de « *Istawicayazan wi* (ich-ta-oui-tcha-ya-zan oui) » la lune des yeux gelés[32]. Mais ils n'étaient pas les seuls à l'endurer. Tous les habitants de la taïga en souffraient. Si le froid ne les tuait pas, c'était la faim ou la maladie des blancs. Les réserves effectuées pendant l'été et l'automne s'amenuisaient petit à petit et dans le campement de Renard Rouge, la famine faisait déjà des ravages. Le froid était si intense, que l'on entendait des claquements secs et sinistres retentir dans la forêt. C'était les épinettes qui explosaient, sous l'action du froid. Les chutes de neige étaient si importantes, que même les hommes les plus expérimentés n'osaient plus s'aventurer dans la forêt. Ils savaient qu'avec un temps pareil, ils mettaient en jeu leur vie, et celle de leurs chiens. Pour Antoine et Shalan, qui vivaient loin là-bas au fond des bois à côté du lac pygargue, si merveilleux en été, la faim avait commencé à leur tirailler le ventre. Heureusement, Antoine avait pu effectuer un aller/retour à Chicoutimi pour échanger des peaux contre de la farine, du sucre, du thé, des fèves et du lard. Si jusqu'à présent, il avait toujours veillé à ce que les chiens ne souffrent pas de la disette, les réserves de viande étaient pratiquement épuisées.

Il était en train de poser son cinquième piège à castor, lorsqu'un magnifique orignal apparut à la lisière de la forêt. Aussitôt, il épaula et tira en direction de l'animal. Le coup de feu retentit dans la forêt pendant de longues minutes, résonnant d'un côté à l'autre du vallon. Il retentit, comme s'il devait annoncer la fin des vaches maigres. L'animal tomba au ralenti sur les genoux, puis il s'écroula sur le côté. Son corps s'enfonçant d'un quart dans la neige, les jambes tremblant dans un dernier sursaut. Antoine sauta sur les patins et relevant l'ancre à neige, il libéra ainsi le traineau, qui se mit immédiatement en route, sous l'impulsion des chiens. Il voulait pouvoir dépecer la bête au plus vite, avant que le froid ne lui permette plus d'ôter la peau de la bête. Mais avant de commencer à découper l'animal, Antoine se mit à genoux à côté de celui-ci et, le regardant droit dans les yeux, il lui dit en Lakota :

- *Ô Grand Esprit, dont j'entends la voix dans les vents et dont le souffle donne vie, je te remercie pour le grand Orignal qui a donné sa vie, pour nourrir ma famille et mon peuple. Il fera maintenant parti de ma famille. Aux quatre directions, Ô Grand Esprit, je renouvèle cette prière.* »

Dans la forêt, des yeux aux pupilles jaunes regardaient le spectacle de l'homme affairé à sa tâche. Quelques babines se retroussaient, dévoilant les crocs blancs et acérés des loups. Leurs corps maigres étaient un signe de la faim dont-ils souffraient, depuis le début de ce terrible hiver. Ils en étaient d'autant plus dangereux, que la faim leur faisait perdre la peur ancestrale de l'homme. Ils s'étaient inconsciemment rapprochés du village des hommes. L'agitation des chiens prouvait qu'ils avaient senti la présence de leurs cousins. Antoine avait rechargé sa winchester, détaché Amarok et installé quelques pièges devant le corps encore fumant de l'orignal, pour finir de découper l'animal dans une relative tranquillité. Son chien à ses côtés, Antoine continuait à débiter l'orignal. Amarok, tous les sens en éveil, étaient aux aguets. Le regard et les oreilles pointées vers la forêt, la truffe humant l'air. Il était à l'affut du moindre mouvement, du moindre bruit, de la moindre odeur suspecte.

Le chef de la meute des loups gris (Canis lupus), était un grand loup noir. Celui-ci trouva le moyen de contourner le traineau et les pièges, avant de surgir sur la gauche d'Antoine, qui concentré sur la découpe de l'orignal, ne l'avait pas vu se faufiler vers lui. Le loup s'élança à une vitesse formidable vers l'homme, ses pattes ne semblaient pas toucher le sol. L'action semblait se dérouler au ralenti. Mais sur son chemin, il croisât Amarok qui avait abandonné son poste de guetteur, pour se transformer en défenseur de son maître. Tout s'accéléra, la force transmise aux pattes arrière du chien, le propulsa vers le loup noir qu'il saisit à la gorge. Tour à tour, l'un et l'autre prenait l'avantage, pour un court instant. Les deux corps se démenaient dans des sauts, des roulades, des cabrioles et des grognements féroces. Le tout à une vitesse telle que jamais l'homme ne pouvait intervenir de quelque manière que ce soit pour aider son compagnon. Le loup et le malamute commençaient à être bien marqués par leurs morsures réciproques. Le temps semblait s'être arrêté au début du combat. Les minutes qui s'écoulaient, paraissaient des siècles. Amarok venait de prendre le dessus, et il serrait la gorge de son rival qui perdait son sang et dont les mouvements se faisaient de moins en moins rapides. La neige était passée du blanc immaculé, au rose soutenu, voire au rouge sang par endroit. Lorsque le chien cessa de serrer la gorge de son rival, le corps inerte de l'assaillant gisait sur le sol, reposant sur une neige rougie par le sang des deux combattants. Le silence était revenu, et dans la forêt, les loups en file indienne avaient disparu, dès la mort de leur chef. A bout de force, Amarok s'écroula devant son maître. Celui-ci se hâta de le porter sur le traineau, mais avant de le soigner, il devait finir de charger la viande d'orignal, sur le traineau. Après avoir nettoyé et désinfecté les blessures du chien, Antoine commença à recoudre les plaies les plus profondes. Une fois les plaies refermées, il élabora un emplâtre fait d'un mélange d'argile et de fleurs de verge d'or.[33] Il en recouvrit abondamment les plaies. La verge d'or est un très bon désinfectant, qui peut-être aussi bien utilisé en cataplasme, qu'en infusion. Les parties du corps qui pouvaient être bandées, furent pansées avec de la peau de cerf de Virginie. Antoine fit cuire de la viande de bison bouillie avec de l'infusion de fleurs de verge d'or et la donna à Amarok. Les gémissements plaintifs d'Amarok, lui retournaient le cœur. Regardant celui-ci dans les yeux, lui caressant la tête d'une main, alors que l'autre le tenait sous la mâchoire, il lui dit :

- Mon chien, mon bon chien, que serais-je devenu sans toi ? Tu m'as sauvé la vie. Tu m'as prouvé tout le bien que je pensais de toi. Tu étais prêt à donner ta vie pour moi. Je t'en serais éternellement reconnaissant. » L'animal semblant comprendre toutes les paroles de son maître, lui lécha la main, et poussa de petits gémissements de complaisance.

Dans le lointain, le hurlement de la louve dominante fut bientôt rejoint par une seconde voix, puis, ce fut la meute toute entière qui hurla sa peine en un chœur ondoyant et funeste. Ainsi, ils accompagnaient dans la mort le grand loup noir, alors que le crépuscule naissant prenait possession de la piste de trappe.

Après avoir soigné son chien de tête et dépecer le loup noir pour sa peau. Antoine dispersa la viande de celui-ci dans la forêt en entonnant la prière suivante :

- Ô Grand Esprit, dont j'entends la voix dans les vents et dont le souffle donne vie, je te remercie pour le grand loup noir qui a donné sa vie, pour réchauffer ma

famille et mon peuple. Il fera maintenant parti de ma famille. Aux quatre directions, Ô Grand Esprit, je renouvèle cette prière. »

La viande ainsi laissée dans la forêt sera bien vite dévorée, par un puma, un carcajou, un renard, ou une autre meute de loup de passage sur le territoire du loup noir. L'attelage réduit à dix chiens se remit en route vers la cabane. Les chiens restés à la cabane avaient senti le retour du traineau bien avant que celui-ci n'arrive. Shalan avait mis à chauffer une soupe de pois et de viande de bison séchée Elle avait aussi préparé, une portion de viande et une gamelle d'eau chaude pour chaque chien, qui allait rentrer d'une longue journée de trappe. Mais elle n'avait pas idée, de ce qui l'attendait au retour d'Antoine.

Lorsque celui-ci entra dans la cabane portant Amarok dans ces bras, Shalan comprit tout de suite qu'il était arrivé quelque chose. Elle déposa une peau de wapiti sur le sol devant la cheminée, où, il pourrait déposer le chien. Puis elle mit à chauffer de l'eau avec des fleurs de verge d'or et, prépara des linges pour nettoyer les plaies de l'animal. Elle prit place auprès d'Amarok, pendant qu'Antoine allait soigner les autres chiens. Elle enleva les premiers bandages qu'il avait posés sur les plaies du chien. Puis avec l'infusion de fleurs de verge d'or, elle nettoya les blessures et positionna un nouvel emplâtre qu'elle recouvrit d'une peau de lapin. Amarok laissait échapper quelques petites plaintes, mais semblait apprécier les soins apportés par Shalan.

Toute la nuit, Antoine et Shalan veillèrent sur le chien qui dormait d'un sommeil agité. Au petit matin, alors qu'ils s'étaient endormis dans les bras l'un de l'autre, c'est Amarok qui les réveilla en venant se glisser entre les deux amants et, il se mit à leur lécher le visage.

Le chien boitait bas et ses mouvements le faisaient gémir de douleur, mais il était vivant. Il se recoucha sur la peau de wapiti pour attendre les soins d'Antoine. Celui-ci, lui changea les bandages, dans lesquels il ne trouva pas de trace d'infection. Il renouvela le cataplasme et l'enferma dans une peau de lapin propre. Shalan lui donna une nouvelle portion de viande de bison bouillie, avec de l'infusion de fleurs de verge d'or.

Après avoir rechargé en bois la cheminée et, le mangetout, le couple épuisé par une nuit à veiller Amarok, s'endormit sous les couvertures en peau de bison.

Au dehors, le blizzard avait repris de plus belle. On ne savait plus où le sol et le ciel se séparaient. Ils étaient aussi blanc l'un que l'autre. Les chiens s'étaient enroulés et avaient mis au chaud leur truffe. Malgré les rafales de vent qui avaient pour effet d'amplifier la sensation de froid, l'épaisse couche de neige qui les avait recouverts, les isolait du froid ambiant. Le sifflement du vent dans la forêt d'épinettes venait renforcer le chant lugubre de la meute aux abois.

Dans la cabane de bois rond, ce n'était pas un chant funeste qui se faisait entendre, ni les plaintes de douleur d'Amarok, mais les gémissements de Shalan, qui sous les caresses d'Antoine, se laissait glisser vers le bonheur. La bouche de celui-ci cajolait, caressait et embrassait les zones les plus sensible du corps féminin, qui sous l'effet de ces étreintes se crispait, se cambrait et vibrait de plaisir. Amarok était intrigué par les gémissements et les mouvements qui se déroulaient sous les peaux de bisons. Mais, il se contenta de dodeliné la tête de droite à gauche, d'un air interrogateur. Shalan, maintenant assise sur Antoine ondulait lentement du bassin, ses seins lourds et ambré suivaient le mouvement et s'entrechoquaient parfois, lorsque le mouvement de ses hanches s'accélérait. Le spectacle de ces ravissants mamelons mus par le va et viens de Shalan, excitait Antoine. Il trouvait en eux, deux jouets, qu'il ne se privait pas de flatter. Les caressant et les embrassant délicatement, il en savourait toute la quintessence. Après de longues minutes, pendant lesquelles le plaisir monta et s'accentua crescendo dans le corps de nos deux amants, ils finirent par atteindre le nirvana, dans un orgasme simultané, qui se conclut dans un hurlement de bonheur. Shalan sentit se répandre en elle la semence chaude, de celui qu'elle aimait le plus au monde. Son corps trempé de sueur et le souffle court, elle se cambra une dernière fois et, retomba sur celui d'Antoine. Ces seins venant s'écraser sur la poitrine poilue de l'homme qui partageait sa vie. Elle espérait en son for intérieur, qu'aujourd'hui serait un bon jour pour tomber enceinte.

Ce fut la température qui réveilla nos amants enlacés. La nuit était tombée et le blizzard avait repris de plus belle, sifflant et faisant ployer les épinettes et autres sapins de son souffle puissant. Dans la cheminée, le feu s'était éteint et seules quelques braises vivaces étaient encore actives dans le mangetout. Shalan nue comme un vers se précipita pour recharger le poêle à bois, pendant qu'Antoine après avoir pris le temps de s'habiller, alla rallumer le feu dans la cheminée.

Chapitre 5

Il suivait le chemin qui zigzaguait dans la toundra, lorsqu'il aperçut au loin là-bas, devant un bosquet d'érables chétifs, une femelle bison. Que faisait-elle si loin du troupeau ? Cela intrigua Antoine. Il arrêta son cheval et stoppa les chiens qui rêvaient d'en découdre avec la femelle bison. Il s'approcha doucement, et faisant plus attention, il s'aperçut qu'elle était en train de mettre au monde son petit. Comme beaucoup d'autres animaux, c'est à la lune quand les bourgeons apparaissent[34], que les femelles mettent bas. A peine venu au monde le veau essaya de se lever sur ces pattes encore faibles et mal assurées. Celles-ci encore tremblotantes le faisaient vaciller. Alors que son équilibre était encore instable, sa mère de sa grosse langue râpeuse commença à lécher son pelage, pour enlever le reste du placenta. Antoine s'intéressa au petit, tout en gardant un œil sur la mère. Il découvrit que le jeune bison avait un pelage particulier. En effet, son pelage parfaitement nettoyé et séché par le vent chaud était entièrement blanc. Seul, les sabots, son mufle et le plumeau de sa queue étaient noir. Maintenant que ces pattes semblaient plus alertes, le veau effectua quelques sauts de cabri. Mais, à la réception d'un de ceux-ci, il se retrouva les quatre fers en l'air. Antoine contempla un long moment le tableau qui s'offrait à lui.

Il se rappela alors de la prophétie concernant le retour de la Femme Bison Blanc. Cette prédiction annonçait le commencement des temps nouveaux. Elle serait annoncée par la naissance d'un bébé bison blanc femelle. Le présage annonçait que la robe changerait de couleur, à chaque fois qu'elle se roulerait par terre, dans les 4 directions (nord, est, sud et ouest). Blanche, puis jaune, rouge et enfin noire, qui correspondent aux 4 couleurs traditionnelles. Puis, elle reviendrait au blanc immaculé.

> « *Origine de la pipe sacrée des Sioux, Pté San Win*[35],
>
> *Il advint que deux jeunes hommes avaient été envoyés par le conseil des Sans Arcs en éclaireurs pour trouver le bison. Ils eurent l'apparition d'une femme d'une beauté exceptionnelle habillée d'atours magnifiques.*
> *Elle portait sur son dos un fagot. Elle était si pâle et en même tant si rayonnante, son visage était d'une telle perfection, que les deux hommes en furent éblouis.*
> *Comme ils la regardaient, elle leur parla en ces termes : "J'appartiens au peuple du bison. J'ai été envoyée*

*sur cette terre pour m'entretenir
avec votre peuple.*

*Vous devez maintenant remplir un
devoir important qui est d'adresser
un message essentiel aux vôtres.
Rendez-vous auprès de votre chef et
dites-lui d'ériger le tipi du conseil au
centre du campement. Placez la
porte de celui-ci, de même que
l'entrée du village, face à l'est.
Dispersez des feuilles de sauge à la
place d'honneur.*

*Derrière le foyer, ramollissez la
terre et donnez-lui la forme d'un
carré à l'arrière duquel vous
poserez un crâne de bison. A
l'arrière de celui-ci, édifiez un petit
râtelier.*

*J'ai des choses de la plus grande
importance à dire à votre peuple et
me rendrai dans votre village à la
pointe du jour"*

*Pendant qu'elle parlait, l'un des
deux hommes tomba sous le charme
et la désira à tel point que,
lorsqu'elle eut fini, au grand dam de
son compagnon, il tenta de la
séduire.*

*Dans l'instant on entendit un coup
de tonnerre et ils furent enveloppés*

d'un nuage. Au fur et à mesure que celui-ci se dissipait l'éclaireur qui restait vit la superbe jeune femme qui se tenait debout, impassible, alors qu'à ses pieds gisait un squelette.

Elle lui enjoignit alors de retourner à son village et de porter son message à son peuple. Dès que l'éclaireur arriva au camp, il raconta à son chef "Buffalo Who Walks standing upright", c'est-à-dire le "Bison qui marche debout sur les jambes arrières", ce qu'il avait vu et lui transmit le message comme elle le lui avait ordonné.
Le peuple, très ému par la perte de l'éclaireur, était très excité à l'idée de cette mystérieuse visite. On fit savoir qu'il fallait préparer cette visite selon des modalités particulières et tout fut fait comme elle l'avait demandé.
On désigna des jeunes hommes vertueux pour l'escorter jusqu'au tipi. Dès la tombée du jour, un grand nombre de personnes s'étaient déjà rassemblées autour du tipi du conseil pour attendre son arrivée. Au moment où le soleil se levait à

l'est, la jeune femme arriva. Ces
atours étaient les mêmes que lors de
son apparition aux éclaireurs mais,
au lieu d'un fagot, elle tenait dans sa
main droite un tuyau de pipe et dans
la gauche le fourneau qui était de
couleur rouge.
Elle s'avança lentement et se dirigea
vers le tipi du conseil. Elle y entra
avec une certaine majesté, et faisant
le tour par la gauche, elle s'assit à
la place d'honneur.
C'est alors que le chef lui souhaita
la bienvenue.
Il dit à son peuple combien celui-ci
avait de la chance que Wakan Ťanka
lui ait envoyé cette femme si belle
qu'ils accueillaient en sœur.
Il s'adressa alors à elle et lui dit que
ses frères et sœurs étaient prêts à
entendre son message.
Elle se leva, et tout en tenant la pipe,
s'adressa à l'assemblée. Elle lui dit
combien Wakan Tanka était satisfait
des Sioux et combien elle était fière
en tant que représentante du peuple
des bisons d'être leur sœur.
Elle dit encore que c'est parce qu'ils
avaient été loyaux et respectueux,
qu'ils avaient fait triompher le bien

*du mal et respecté l'harmonie contre
la discorde, que les Sioux avaient
été choisis pour recevoir la pipe au
nom de toute l'humanité.*

*Celle-ci serait le symbole de la paix
et devrait être utilisée comme tel
entre les hommes et les nations.*

*Fumer la pipe signifiait créer un lien
de confiance et permettrait au
chaman d'entrer en communion avec
Wakan Ťanka.*

*Elle se tourna ensuite vers les
femmes auxquelles elle s'adressa
comme à des sœurs.*

*Elle leur dit qu'elles étaient
destinées à porter le poids de
grandes difficultés et de nombreuses
peines mais que leur grande bonté
les destinait à réconforter les autres
en période de grande douleur.*

*C'étaient à elles de maintenir la
permanence de la famille en
donnant naissance aux enfants, en
les élevant, en les habillant et en les
nourrissant tout en restant fidèles à
leurs époux.*

*C'est ainsi que Wakan Ťanka avait
organisé leur vie et les soutenait
dans la douleur.*

Elle s'adressa ensuite aux enfants

comme à ses petits frères et petites
sœurs. Elle les invita à respecter
leurs parents car ceux-ci avaient fait
bien des sacrifices pour qu'il ne leur
arrive que du bien.

Aux hommes, elle parla comme si
elle était leur sœur. Elle leur dit que
toutes choses dont ils dépendaient
venaient de la terre, du ciel et des
quatre vents.

La pipe qu'elle tenait devait servir à
offrir sacrifices et prières à Wakan
Ťanka pour le remercier des
bienfaits de cette vie.

Il ne fallait pas négliger de le faire
chaque jour. Elle dit encore qu'ils
devaient être bons et aimants pour
leurs femmes et leurs enfants car
ceux-ci étaient des êtres fragiles.

Pour finir, elle s'adressa au chef
auquel elle expliqua comment se
servir de la pipe et comment en
prendre soin.

Du fait de sa position, il était de son
devoir de la protéger et de la
respecter, la nation vivait en effet au
travers de ce calumet.

C'était un instrument sacré
permettant de protéger le peuple
pendant les temps de guerre, de

famine, d'épidémie ou d'autres
calamités.
Elle enseigna ce qu'il fallait savoir
pour n'utiliser la pipe qu'à juste titre
avant de lui faire la promesse qu'au
moment opportun les Sioux auraient
la révélation de Sept cérémonies
sacrées auxquelles il faudrait se
plier :

La purification

La quête de la vision

La danse face au soleil

Le lancer de la balle

Devenir une femme bison

Devenir parent

La possession du fantôme

Elle resta quatre jours. Avant de les
quitter, elle dit au chef combien
Wakan Ťanka était satisfait de son
accueil et combien elle était
heureuse d'être sa sœur.
C'est alors qu'elle prit de la bouse
de bison pour allumer le calumet et
qu'elle l'offrit au ciel, à la terre puis

aux quatre vents avant d'en tirer une bouffée et de la tendre au chef de la nation.

Quand celui-ci eut également tiré une bouffée elle annonça que sa mission venait de prendre fin. Sur ces entrefaites elle déposa la pipe contre le râtelier et quitta le tipi sans escorte.

En sortant du tipi elle fit le tour de celui-ci par la gauche en marchant lentement. Elle quitta le village et tandis que chacun regardait sa silhouette diminuer lentement, elle se transforma aux yeux de tous en un veau blanc.

C'est ainsi que Femme Bison Blanc, la fille du soleil et de la lune, s'en est retournée sur la terre pour enseigner l'Humanité. On la connaissait sous le nom de "la Belle". Quant aux chamans, ils l'appelaient Wohpe.[36] »

Assis là, à observer le spectacle de la vie qui s'offrait à lui, regardant le bison blanc téter sa mère et effectuer ses premiers pas, il pensait à cette prophétie. Serait-il celui par lequel, elle se réaliserait.

Allait-il devenir un shaman, ou un homme médecine. Wakan Ťanka allait-il autorisé un wasichu[37], à prendre autant de pouvoir dans la tribu. Une chose était sûre, ils ne devaient pas être nombreux, ceux qui dans la tribu avaient assisté à la naissance d'un bison blanc femelle. La femelle accompagnée de son petit se mit en route pour aller retrouver la sécurité, que lui procurerait le troupeau.

Antoine alluma un petit feu et fit chauffer de l'eau afin de boire une infusion de bourgeons d'épinette, qu'il venait de cueillir et manger un peu de viande séchée. Il sait combien Ťaťanka est important pour le peuple de Renard Rouge. Tout était utilisé dans le bison, de la pointe des cornes aux derniers centimètres de la queue de l'animal. La viande, que l'on utilisait fraiche, séchée en fine lamelle ou en pemmican (mélange de viande broyée au pilon, mélangé avec de la graisse fondue et des baies) était stocké comme denrée pour l'hiver. La peau, qui servait de bâche pour recouvrir l'ossature en bois du tipi, ou de la hutte à sudation. Les femmes confectionnaient les vêtements, les boucliers, le carquois, les mocassins et autres fabrications réclamant de la peau de bison. Le crâne, que le shaman utilisait lors des cérémonies. Certains os étaient utilisés comme racloir pour les peaux, comme pointe de flèches, ou en outils de jardinage. Les tendons étaient transformés en corde pour les arcs, étirés et changés en fil pour la couture, ils étaient prélevés principalement dans le dos et les pattes de l'animal. L'estomac et la vessie devenaient des récipients. Les intestins, des gaines pour le pemmican. Les cornes après modification, évoluaient en cuillères, ou en ornements. Les sabots que l'on utilisait dans la fabrication de la colle, ou de la gélatine. Les poils que l'on retrouvait en décoration, comme rembourrage dans les vêtements ou dans les coussins. La queue devenait un très bon chasse mouche. Jusqu'aux excréments qui, une fois séchés servaient de combustible. Celui-ci avait l'avantage de brûler comme du charbon, et produisait très peu de fumée.

Au loin, la femelle et son petit n'étaient plus qu'un point minuscule sur l'horizon, lorsqu'il remonta en selle et reprit son voyage.

Le soleil était au zénith, lorsqu'Antoine contourna une petite colline, par la droite. Le chemin s'enfonça alors, dans un canyon de plusieurs kilomètres, avant de s'ouvrit sur une vallée à l'herbe grasse et aux parfums captivants. Celle-ci s'élargissait, et au loin, on apercevait le sommet des montagnes enneigées, se découpant sur le fond bleu du ciel. Au nord, les érables et les épinettes se battaient pour couvrir les premiers vallonnements, afin de former une forêt qui s'étendait jusqu'aux montagnes. Celle-ci formait un vaste territoire giboyeux. Au milieu de la prairie, coulait une rivière qui serpentait dans le dédale des buttes et des vallons. C'est là, dans ce vaste pâturage, que le grand troupeau de bisons allait se regrouper pour passer près de six mois. Du début de canwapenanbleca wi (tchan-oua-pè-nan-blè-tcha oui) la lune quand les bourgeons apparaissent[38] à la fin de canwapekasna wi (tchan-oua-pè-kasse-na oui) la lune quand le vent fait tomber les feuilles[39]. C'est là, que les femelles mettraient bas et que des milliers de bisons profiteraient de l'herbe grasse et de l'eau fraiche pendant tout l'été. Le spectacle que produisait ce grand voyage était impressionnant. Autant de bêtes rassemblées, marchant d'un seul corps vers leur pâturage d'été. C'était aussi à cette période qu'avait lieu la grande chasse d'été. Avec elle, le grand rassemblement s'effectuait dans un immense cercle de tepee, qui regroupait les différentes tribus Sioux et leurs alliés Cheyenne.

Là-bas, derrière les premiers contreforts, le lac pygargue l'attendait. Mais avant d'y parvenir, il devait poursuivre son chemin qui longeait la rivière et qui l'emmènerait jusqu'au déversoir du lac. Cela allait lui prendre une bonne partie de l'après-midi et, peut-être même une partie de la nuit. Les chiens, toujours en file indienne derrière le cheval de bat, suivaient nonchalamment le travois, en jetant de temps à autre un regard vers Antoine. La chaleur était déjà élevée pour le mois de la lune quand les bourgeons apparaissent et, aux endroits les mieux exposés, l'herbe avait remplacé la neige. Ailleurs, la neige cédait sous le poids des chevaux lourdement chargés. Antoine fit passer Amarok et la horde de malamutes devant lui, pour que ceux-ci tracent la piste. Il enfila ses raquettes en forme de patte d'ours pour tasser la neige à la suite des chiens et, tenant son cheval pie par la longe, il continua son chemin. La troupe avançait avec peine sur cette neige qui se transformait en sloche[40]. Le soleil venait de se coucher loin là-bas à l'ouest et, le crépuscule naissant réduisait la visibilité. En s'adressant à ces chiens, il savait que le lac ne serait pas atteint avant le lendemain. Alors il décida de trouver un endroit pour passer la nuit. Lorsqu'au détour d'un bras de la rivière, il découvrit une belle prairie à l'herbe verte et tendre de printemps. Abritée du vent du nord par une épaisse haie d'épinettes, le vert tendre allait se jeter dans l'eau courante de la rivière, qui faisait suite au déversoir du lac Pygargue. Sur l'autre berge, la neige encore présente menait son dernier combat contre les rayons solaires de plus en plus chaud, du mois de la lune quand les bourgeons apparaissent. Sa fonte tombait en des milliers de gouttes. Des dégoulines qui jouaient la mélodie d'une fin d'hiver. Plic, ploc, plic, plouf. Les ruisselles allaient grossir la rivière. Depuis le haut de la rive opposée, le goutte à goutte était mis en mouvement. Il laissait voir l'image de la terrible mélodie d'une fin d'hiver. Le vert tendre des nouvelles feuilles venait attendrir le vert dur des épinettes, thuyas et autres pins. Par ici, une large tache vert clair plus étendue, là-bas quelques points tendres qui jouaient à cache-cache, entre les branches d'un vieux résineux, qui dominait depuis sa haute stature toute la futaie aux alentours. A son sommet un couple d'aigles pêcheurs avait installé son nid. Ce nid qui prochainement abriterait la nouvelle génération d'aigles. Si au cours des jours qui suivront la naissance de nos deux oisillons, l'un d'eux jouera le rôle de Caïn, la vie, même difficile et parfois cruelle du Grand Nord, continuera dans ce lieu magnifique.

- Nous passerons la nuit ici. »

Il hotta le chargement des chiens et les laissa partir à la chasse. Quant à lui, il déchargea les chevaux et prépara un feu sur lequel il mît de l'eau à chauffer. Il profita de l'abri que lui procuraient les épinettes, pour préparer son bivouac pour la nuit. Il mangea du « *talo* » avec du pain banique, en buvant du thé bouillant. Les chiens n'étaient pas revenus, mais il savait que leur partie de chasse pouvait durer une partie de la nuit. Il s'allongea sur sa litière confectionnée avec des banches d'épinettes et une peau de bison. Les braises et quelques flammes lui procuraient une douce chaleur, qui lui permettrait de supporter le froid encore présent au cours des nuits. Les yeux rivés sur la voute céleste, il contempla le spectacle que lui offraient les millions d'étoiles. Il s'endormit rattrapé par la fatigue du voyage.

Chapitre 6

Loin à l'Est, le soleil venait de se lever, ce qui n'était pas encore le cas au bord du lac Pygargue. Pourtant, Antoine avait rechargé le feu. Debout, une tasse de thé brulant dans les mains, il finissait de se réveiller en dégustant du pain banique et un morceau de « *talo* ». Il pensait à la nuit d'amour qu'il venait de passer avec Shalan, lorsque le matin arriva. Et, comme si les dieux donnaient leur accord, un ciel d'un bleu limpide accompagné d'un soleil brillant de mille feux, avait remplacé iwoblu[41] (i-ouo blou) le blizzard des jours précédent.

Antoine sortit atteler les chiens au traineau, car il attendait depuis plusieurs jours une accalmie, afin de pouvoir partir au comptoir de la compagnie du Nord-Ouest. Il devait aller se réapprovisionner en sucre, farine et autres denrées, pour pouvoir tenir jusqu'à la fin de l'hiver. Une fois que les chiens furent tous attelés, il rentra dans la cabane de bois rond. Shalan qui l'attendait devant le feu, avec une tasse de thé et un morceau de *talo* le regarda dans les yeux et lui dit :

- Tokiya la hwo (où vas-tu) ?
- Je vais à Chicoutimi au comptoir de la compagnie du Nord-Ouest.
- Tohanl yai kta hwo (quand arriveras-tu là-bas) ?
- J'arriverai à Chicoutimi dans quatre jours.
- Tohanl yahi kya hwo (quand seras-tu de retour) ?
- Je serai de retour dans neuf ou 10 jours.

- Tohanl nin kta he (quand pars-tu) ?
- Le temps de boire mon thé et de finir de charger le traineau pour le voyage.

Antoine monta sur le traineau et donna l'ordre du départ. Amarok s'arcbouta dans son harnais et s'élança d'un bon vers l'avant, accompagné dans son geste par les onze autres malamutes. Le traineau filait maintenant à vive allure, entre la rivière et la forêt. Parfois, il faisait une halte ou un crochet pour poser un piège, une ligne de pêche, relever les collets à perche enlevante. Depuis qu'il chassait, Antoine ne prélevait que le strict nécessaire pour se nourrir et alimenter ses chiens. La journée avançait, et la pause au bord de la rivière lui permit d'apprécier la viande d'ours et de bison séchée, ainsi que le pain banique et la confiture de bleuets. Assis sur le traineau et malgré le froid intense de cette journée ensoleillée, Antoine profitait au maximum de ces paysages merveilleux, après tout ce temps où le froid et le mauvais temps ne l'avaient pas autorisé à sortir de la cabane. Et même si la neige représentait 80% du paysage, les bosses et les épinettes permettaient une multitude de vues, toutes plus belles les unes que les autres. Parfois, il apercevait une perdrix des neiges qui s'élevait dans le ciel d'un bleu azur, laissant derrière elle une simple trace dans la neige fraîche, merveilleux dessin figé par le froid, où l'empreinte des ailes côtoyait les traces de pas.

Il est des rencontres qui vous marquent pour la vie. « Je me rappelle cette rencontre avec cette superbe louve blanche. C'était au cours du mois de la lune quand on casse les os pour la moelle[42]. J'étais à la recherche d'un mustang qui s'était éloigné du campement de Renard Rouge. Il avait eu envie de se dégourdir les pattes sur les pâturages où l'herbe tendre avait remplacé la neige de la fin d'hiver. Je remontais le vallon de la vieille neige, lorsque sous un surplomb, je l'ai aperçue. Elle était là, en face de moi, tournant et retournant grognant sur l'étroite vire. Elle semblait bien maigre, épuisée, voir squelettique. Mais pourquoi restait-elle ainsi, elle aurait pu prendre la fuite depuis longtemps. Je fis encore quelques mètres, mais je dus m'arrêter, elle avait les babines retroussées, me dévoilant une belle rangé de crocs, qui ne demandaient qu'à se refermer sur moi. Je découvris alors pourquoi, elle n'avait pas pris la fuite. Derrière elle, se trouvait l'entrée de sa tanière et malgré ses grognements, j'entendais des petits couinements. C'était donc cela, elle avait mis bas dans cette tanière à l'abri de tous pensait-elle. Qu'elle était belle malgré sa maigreur. Sa ressemblance avec Amarok était frappante, mais finalement pas si anodine puisqu'Amarok était le fruit d'une chienne malamute et d'un loup.

Cette pratique très rependue chez les Amérindiens, l'était moins chez l'homme blanc. Elle consiste à laisser les chiennes se faire couvrir par un loup, puis à conserver les chiots mâles de la portée et éventuellement une femelle, pour renouveler la meute.

Il me restait un morceau de viande de bison, que je lui lançais avant de reculer doucement et de redescendre le long du vallon, pour trouver un nouveau passage vers les prairies du haut. »

L'équipage allait bientôt prendre pieds sur la rivière gelée, qui les conduirait jusqu'à Chicoutimi, plus rapidement que par la piste d'été. C'était là, un des avantages de l'hiver rigoureux du Canada. Les rivières étaient recouvertes d'une épaisse couche de glace, pendant cinq mois de l'année. L'épaisseur était variable. Par endroit, elle pouvait atteindre 1 mètre d'épaisseur, alors qu'ailleurs, elle était à peine suffisante pour supporter un traineau lourdement chargé, avec 11 malamutes pour le tracter et, un musher de quatre-vingt kilos. L'expérience d'Amarok en tête de l'attelage lui permettait de reconnaitre les différentes épaisseurs de glace, mais surtout, il avait le flair pour sentir les dangers. Que ce soit une épaisseur de glace trop fine, ou une portion de sloche. Elle était, dans de nombreux cas, cachée par une pellicule de neige fraiche.

Mais avant de s'aventurer sur la glace avec le traineau, Antoine enfila ses raquettes, et prit pied sur le coussin de neige poudreuse qui recouvrait la glace et la rivière. A l'aide d'une pagaie qui lui servait de pelle, il dégagea un demi mètre cube de neige pour trouver la glace vive. Il tapa plusieurs fois sur la glace, puis prenant sa hache, il essaya d'atteindre l'eau vive. Après plusieurs minutes à taper, l'eau n'apparaissait toujours pas dans le trou qu'il creusait. Ainsi rassuré sur l'épaisseur de la couche de glace, il regagna la berge. Il aménagea une pente entre celle-ci et le lit de la rivière, pour descendre avec le traineau. Ce travail laborieux lui prit une petite heure, après quoi, il enfila ses pattes d'ours (raquette ronde en bois dont le tamis est en babiche). Il commença alors à tracer la piste, que les chiens allaient suivre.

Amarok le suivait à trois mètres de distance, laissant ainsi suffisamment d'espace entre lui et son maitre, pour profiter de la piste nouvellement créée. La nuit commençait à tomber, les ombres des arbres s'allongeaient et seuls les sommets environnants étaient encore baignés par le soleil. Le spectacle qu'offrait le coucher de soleil était magnifique. Après le jaune, toute les teintes de rouges se succédèrent, puis les roses et enfin les mauves. Du plus clair au plus foncé, les différents tons se succedèrent. Mais déjà la pleine lune montait dans le ciel, emmenant avec elle les teintes froide de la nuit. Antoine se rapprocha de la berge et trouva un abri sous le couvert des épinettes, il installa son camp pour la nuit. Après avoir allumé le feu, il libéra les chiens, qui partirent aussitôt chasser. Puis il installa son tepee de voyage formé de six perches d'épinette. Une fois celui-ci monté, la place intérieure, lui permettait juste de s'allonger et de profiter de la douceur du feu qu'il avait rechargé pour la nuit, et dont certaines flammes venaient lécher la toile en peau de bison. Pendant la nuit, le Nord-est avait commencé à souffler, s'engouffrant entre les berges de la rivière et nettoyant la glace de son blanc manteau. La lune accompagnée de milliers d'étoiles, se reflétaient maintenant dans la glace vive que le vent avait découvert. Antoine se réveillait environ toutes les deux heures pour recharger le foyer, et retournait aussitôt s'enfouir sous les différentes peaux, elles-mêmes surmontées par une immense peau de bison. Ainsi emmitouflé le froid n'était qu'un vieux souvenir. Après le vent qui avait nettoyé la rivière de la neige qui la recouvrait et le ciel des nuages qui cachaient le soleil, la température chuta à quarante degrés en dessous de zéro. Les chiens enroulés en boule avaient mis leurs museaux à l'abri du froid. Leurs queues servant de cache-nez et de cache-oreilles. La neige s'était amoncelée sur chaque chien formant une couche protectrice, sous laquelle le sommeil était possible.

Le jour se levait lentement et les premiers rayons du soleil ne brillaient pas assez pour réchauffer quoi que ce soit. Il commençait à pénétrer dans le tepee où Antoine, emmitouflé sous les différentes peaux, dormait d'un sommeil profond. Le foyer avait maintenu une température positive et les braises encore présentes ne demandaient qu'à être réactivée avec des brindilles ou des feuilles sèches, pour que de nouvelles flammes viennent lécher le fond du pot. Celui-ci une fois plein d'eau allait permettre à Antoine de se préparer une bonne tasse de thé, qui permettrait de réchauffer tout son corps engourdit, de la pointe des cheveux jusqu'au bout des orteils. Après avoir bu et mangé, il enfila sa veste en peau de bison, dont la doublure était en peau d'orignal ; le col et la capuche confectionnés avec la peau qui courait des omoplates au train arrière d'un carcajou. Avant de sortir, il enfila des moufles, qui protégeraient ses mains du froid, qui pouvait en quelques minutes transformer des mains en bloc de glace et ainsi permettre à la mort d'entrer dans le corps des hommes.

Lorsqu'il sortit de son tepee, le Nord-est soufflait de plus en plus fort, mordant le peu de peau encore sous son emprise. Antoine se dirigea vers les chiens. Amarok qui avait entendu venir son maitre, sortit de sa gangue de neige et s'ébroua. Puis, il se tourna vers celui-ci en lançant de petites plaintes, comme pour lui dire bonjour, tout en lui faisant un petit signe avec sa queue en panache, qu'il portait haut sur son arrière train. Prenant le museau de son chien entre ses mains, il lui parla doucement en le regardant dans les yeux. L'animal le regardait, il bougea la tête dans un signe d'approbation, aux paroles de son maître.

Le traineau s'élança sur la rivière gelée et le paysage se mit à défiler comme dans un film. Les chiens tiraient sur une piste devenue lisse et balisée. Les rives défilaient, de chaque côté de l'attelage, dans un paysage blanc immaculé. Le panorama était simplement troublé par le gris des caducs ayant abandonné leurs feuilles au cours de l'automne précédent. Alors que les résineux lançaient leurs cônes vers le ciel, leur large jupe étaient recouvertes de neige. Il suffisait parfois de creuser pour trouver un abri de forme circulaire qui permettait de s'abriter du vent et du froid. Il était même possible d'allumer une lampe à graisse ou une bougie afin de se mouvoir, sans se cogner de partout. Mais cela permettait aussi de réchauffer rapidement ce milieu confiné. La nature offre parfois de belles opportunités à celui qui sait chercher et voir les choses. Depuis sa plus tendre enfance, Antoine avait été formé par les gens de la tribu de Renard Rouge à vivre en harmonie et avec le soutien de la nature.

La glace était épaisse et lisse, avec juste ce qu'il fallait de neige pour que les pattes des chiens accrochent, et ne se blessent pas avec de la glace vive. Le ciel était d'un bleu glacial, ce bleu que l'on ne rencontre que dans le grand Nord, ce bleu immaculé où seul le soleil vient apporter une variation en fonction de sa position. Parfois une légère brise venait soulever un nuage de neige. Celui-ci s'illuminait de mille feux sous le soleil qui se reflétait dans les cristaux de neige, comme des milliers de miroirs. Parfois même, un arc en ciel se formait apportant une touche poétique à la contemplation du paysage. Les chiens avaient adopté un rythme, qui faisait parcourir à leur attelage, seize kilomètres par heure. Il faut avouer que la piste était plane, avec des grandes courbes faciles à négocier. Le soleil était au zénith, lorsqu'Antoine décida de s'arrêter pour se reposer et boire une tasse de thé. Mais avant cela, il vérifia les pattes des chiens, et leur distribua à chacun un saumon. Buvant son thé brulant, il se disait :

« A ce rythme là, nous mettrons moins de quatre jours pour arriver à Chicoutimi. »

Mais avant d'arriver, il faudra atteindre le petit village de Péribonka[43] (là ou le sable se déplace) qui est situé au bord du lac st Jean. Il faudra alors longer la côte nord de celui-ci, jusqu'au déversoir d'Alma. De là, il devra suivre la rivière Saguenay jusqu'à Chicoutimi.

Après cette petite halte, Antoine reprit le long chemin sur la rivière gelée. Par endroit la rivière se rétrécissait et slalomait dans des vallons étroits et tortillants, les virages s'enchainaient à grande vitesse, alors que des parois abruptes venaient se jeter dans la rivière figée par la glace. Une seconde d'inattention aurait conduit à une catastrophe. Mais l'équipage connaissait cet itinéraire mieux que personne. Comment de pas rester sur le qui vive lorsque l'on sait que la glace sur laquelle le traineau avançait à vive allure, pouvait avoir une épaisseur irrégulière, et que rien ne ressemblait plus à de la glace, qu'elle soit recouverte de dix ou cinquante centimètres de neige. Eventuellement on pouvait la reconnaître à sa couleur ou au son qu'elle produisait lorsqu'on frappait dessus avec un bâton. Un bruit sourd et mat vous indiquait une bonne épaisseur de glace, alors qu'un bruit creux et résonnant devait vous inciter à la prudence. Quel plaisir de glisser ainsi et de profiter du paysage, de voir les chiens si heureux de cavaler sur une telle piste recouverte de cette neige immaculée qui s'envolait derrière leurs pattes, et protégeait leurs coussinets de la glace vive et parfois coupante. Antoine aimait les voir tirer ainsi le traineau. Amarok à la tête de cet attelage puissant et suffisamment rapide pour tracter un lourd chargement et son musher. Bien sur, au retour la vitesse sera réduite. Le traineau sera lourdement chargé, avec des provisions. Celles-ci remplaceront les ballots de peaux qu'Antoine avait emmené, pour les échanger contre différentes fournitures.

Le bleu du ciel avait laissé place à des nuages de différentes teintes du gris clair au noir plus ou moins foncé. La rivière s'était de nouveau élargies et Antoine savait que d'ici une petite heure, il atteindrait l'embranchement de la rivière

Tchitogama, et sa belle plage qui servait de camp pour les voyageurs en traineau. On trouvait à côté de celle-ci, une cabane de bois rond ouvert à tous. Avec une réserve de bois qu'il convenait de renouveler avant de quitter le camp. Une source d'eau chaude était disponible été comme hiver. Ainsi, les voyageurs trouvaient-ils peut-être un gîte spartiate, mais confortable pour passer une ou plusieurs nuits, à l'abris du mauvais temps.

Au détour du dernier virage, la couleur de la glace changea subitement passant du bleu au gris. Yap, Yap (à gauche, à gauche) malgré l'ordre donné rapidement par Antoine à Amarok, celui-ci ne put éviter la glace fragile. Les onze malamutes lancés à vive allure, sur la glace fragilisée brisèrent celle-ci et plongèrent dans l'eau glaciale. Le traineau et Antoine furent entrainés dans un bain forcé. Heureusement à cet endroit là, l'eau était peu profonde. Les chiens parvinrent à reprendre pied sur la glace et dans un effort commun arrachèrent le traineau à l'eau. Antoine, quant à lui, avait ressenti immédiatement, l'eau glacée pénétrer dans ses bottes et ses vêtements. Il savait qu'il devait rapidement sortir de là, et se changer le plus rapidement possible, s'il ne voulait pas mourir dans cette enveloppe de glace. Qu'allait devenir ses vêtements trempés, c'était juste une question de vie ou de mort. Juste savoir, si oui ou non, il souhaitait continuer à vivre au bord du lac pygargue. Il lui semblait que sa courte vie, venait de défiler devant ses yeux. Des flashs, plus qu'un long film, passé au ralenti. Il sentait le froid entrer dans son corps. Devait-il s'abandonner à cette étrange sensation de bien être, que lui procurait le froid ? Il appelait de toute ses forces, Amarok et les autres chiens. En guise de cri, c'était plutôt un souffle qui s'échappait de ses lèvres déjà bleuies. Ses mâchoires commençaient à s'entre choquer. Lorsqu'il vit Amarok et le reste de l'attelage faire demi-tour, pour revenir le chercher. Antoine se débattait de plus en plus faiblement, pour sortir de l'eau. Le traineau passa à côté de lui. Dans un dernier geste de désespoir, il attrapa le côté de celui-ci, et par son effort conjugué à celui des chiens, il sortit de l'eau. La cabane de bois rond de Tchitogama n'était qu'à quelques centaines de mètres. Ces hectomètres furent rapidement parcourus, mais le froid commençait déjà à se faire sentir dans tout le corps d'Antoine. Il lui fallait rapidement atteindre cette cabane se déshabiller et allumer un bon feu pour se réchauffer. Wakan Takan était avec lui en ce beau jour. Ce n'était pas un bon jour, pour mourir. En effet, alors qu'il approchait de la cabane, il vit de la fumée s'échapper de la cheminée. Les chiens attachés près de celle-ci se mirent à aboyer lorsqu'ils virent apparaître le traineau emmené par Amarok. L'attelage d'Antoine s'arrêta devant la cabane, alors que la porte de celle-ci s'ouvrait. Un homme à la forte corpulence en sortit, et se précipita vers Antoine. Après avoir fixé l'ancre à neige du traineau, il le souleva comme un vulgaire sac de plume et l'emmena dans la cabane. Il l'installa près de l'âtre de la cheminée, dans lequel un bon feu lançait ses flammes vers le ciel. Il l'aida à se déshabiller. Il dut couper les lacets de ses bottes, que la glace avait figés et durcis comme de la pierre. Une fois nu comme un vers, il enveloppa Antoine d'une peau de bison doublée en wapiti et le fit s'asseoir devant le bon feu qui commençait déjà à ramener la vie dans son corps. Antoine claquait des dents et voulut parler pour remercier son sauveur, mais aucun son ne sortit de sa bouche. Son bienfaiteur était déjà sorti de la cabane de bois rond, pour s'occuper de l'attelage d'Antoine. Après avoir nourri et s'être occupé des chiens, il déchargea le traineau et mit à sécher, ce qui devait l'être. Puis de retour dans la cabane, il constata qu'Antoine reprenait des couleurs et tremblait déjà moins. Il approcha la table du banc sur lequel était assis Antoine et l'aidant à se retourner, il lui servit une bonne assiette de ragout de bison qui mijotait, dans une marmite en fonte suspendue à la crémaillère de la cheminée. Il lui versa un bol de café bouillant. Après s'être régalé de ce ragout onctueux, et s'être réchauffé, Antoine remercia chaleureusement cet homme blanc qui venait de lui sauver la vie.

- Je suis Little Wolf (Antoine n'utilisait jamais son nom de baptême en présence d'inconnu, mais uniquement son nom Amérindien), qui est l'homme blanc qui m'a sauvé la vie ?
- Je m'appel Nicolas Pelisse, je suis trappeur.
- Nicolas pelisse, un nom français ?
- Oui effectivement, tu parles bien ma langue pour un indien.
- Mon père était français, mais j'ai été élevé par la tribu Sioux de Renard Rouge. Je te remercie de m'avoir sauvé la vie.
- N'en parlons plus, il est normal de s'aider dans le grand nord et

surtout en plein hiver. Tu as un bel attelage.

- Onze malamutes, moitié loup, moitié malamute, sélectionnés année après année, portée après portée.

- Ton chien de tête est coriace, il ne voulait pas que je l'approche.

- Cela ne m'étonne pas. »

Après une longue soirée passée à parler de tout et de rien, les nouveaux amis allèrent se coucher, après avoir rechargé la cheminée.

Au petit matin, alors que le vent avait soufflé une bonne partie de la nuit. Antoine s'était levé pour soigner ses chiens et partir au plus vite vers le poste de traite de Chicoutimi. En prenant un solide petit déjeuner, il remercia une nouvelle fois Nicolas Pelisse.

Installé sur le traineau il donna l'ordre de départ à Amarok. Dans un même élan, les onze chiens décollèrent le traineau avec une facilité déconcertante.

Nicolas fit un signe avec la main, que lui rendit Antoine.

La vie dans le Grand nord est parfois faite de ce genre de rencontres. Et même si celles-ci ne sont pas toujours des rencontres de longue durée, elles remplissent le cœur de joie et de chaleur.

Le traineau regagna rapidement la rivière, et à la mi-journée, il atteignit « là où le sable se déplace ». Mais il ne s'arrêta pas et, longeant la côte nord du Lac St jean, il arriva rapidement à l'embouchure de la rivière Saguenay. Là, il trouva un emplacement pour la nuit. Il s'occupa de ses malamutes, avec toute l'attention que l'on doit à un membre de sa famille. Il savait que sa vie dépendait de ses chiens, dans ce grand nord, et surtout à cette période de l'année où, non seulement ils étaient un moyen de locomotion, mais aussi un moyen de survie. En effet, les chiens pouvaient réchauffer le corps affaibli d'un homme, secourir leur maître en le sortant d'une situation qui pouvait le tuer en quelques minutes. Il monta son tepee de voyage car le temps s'était bouché et la neige avait fait son apparition.

Toute la nuit la neige était tombée et le Nord-est avait soufflé, formant par endroit des congères. Là aussi, un nouveau piège qu'il fallait éviter. Sans compter qu'il faudrait tracer la piste à l'aide des raquettes, pour que les chiens ne s'enfoncent pas jusqu'au poitrail.

Antoine enfila ses raquettes en forme de pattes d'ours et avança devant le traineau, pour tracer la piste. Amarok connaissant la manœuvre se contentait de suivre son maître à bonne distance. Quinze à vingt mètres les séparaient. L'exercice se prolongea sur quatre ou cinq kilomètres, avant que la neige soit suffisamment peu épaisse, et que les chiens puissent avancer sans qu'Antoine fasse la trace. En fin d'après-midi, Chicoutimi était en vue. Il se dirigea directement au comptoir de la compagnie du Nord-Ouest. Il comptait bien y échanger ses peaux rapidement et charger son traineau avec de la farine, du thé, du sucre, des balles pour son fusil, des nouveaux pièges pour la trappe et diverses verroteries, que lui avait demandé de rapporter Shalan. Elle aimait agrémenter les costumes en peaux, de ces verreries. Lorsqu'il entra au comptoir, il se dirigea directement vers le coin où se situait son ami Œil de Lynx. Il était surnommé ainsi par les indiens, car il était capable de reconnaître n'importe quelle peau d'animal, et sa qualité à une quinzaine de mètres de lui. Jamais aucun indien ou aucun trappeur n'aurait osé apporter une peau mal tannée, et ou en mauvais état, pour effectuer l'échange avec Œil de Lynx. Après avoir examiné les peaux d'Antoine, il lui donna un bon d'échange pour se fournir dans le magasin général Beaudrillard. Antoine traversa la rue et pénétra dans la boutique où il se rendit directement au comptoir. Mme Beaudrillard l'accueillit avec un large sourire, comme à son habitude. Cette femme était toujours d'excellente humeur, et elle servait indien ou homme blanc sans distinction. L'un comme l'autre avait accès aux produits de qualité identique. Lorsqu'Antoine eut fini de prendre les provisions et autres ustensiles dont il avait besoin, il laissa Mme Beaudrillard lui sélectionner les verroteries et autres perles, fils et nécessaire de couture qui pourraient servir à Shalan. Ainsi, elle pourrait confectionner vestes, pantalons et autres robes pour elle et lui. Le blizzard s'étant de nouveau levé, M. Beaudrillard proposa à Antoine de coucher dans l'écurie avec ses chiens, et de se joindre à eux pour le souper.

- Vous passerez ainsi la nuit au chaud avec un bon repas dans le ventre et vous partirez au petit matin pour votre voyage de retour. »

Antoine hésita, mais sur l'insistance de M. et Mme Beaudrillard, qu'il appréciait beaucoup, il finit par accepter cette invitation. Il contourna le bâtiment, avec son traineau et pénétra dans l'écurie, où il installa ses chiens dans un box rempli de foin et de paille. Il leur distribua un beau morceau de viande d'orignal et une bonne soupe chaude, puis après s'être changé, il regagna tranquillement, le comptoir Beaudrillard.

Autour de la table se trouvait déjà, Œil de Lynx, Rémy et Priscilla les enfants Beaudrillard, la grand-mère Suzanne (la mère de Marie Beaudrillard) et Jean Beaudrillard. Il restait deux places autour de la table. Une pour Antoine qui serait entre Œil de lynx et Priscilla, l'ainée des enfants Beaudrillard. L'autre place disponible sera celle de Mme Beaudrillard. Une fois tous le monde installé, Marie amena une grande marmite de soupe qui sentait bon, et faisait saliver les personnes assises autour de la table. Sur celle-ci, de la viande de bison et de wapiti séchée ainsi que de la cochonnaille. La cochonnaille bien que peu consommée par les amérindiens, était appréciée par Antoine et la tribu de Renard Rouge. Mais ils préféraient quand même les animaux sauvages. Ceux qu'ils avaient l'habitude de chasser, pour manger et se vêtir.

Pendant que Marie servait la soupe, Jean coupait de belles tranches de pain complet à chacun. Un pot d'eau fit le tour de la table pour certains, pour d'autres du thé fut servi, et du café pour les derniers. Puis tous le monde commença à manger. Les discussions allaient bon train tout au long du repas. Antoine parla de sa mésaventure et de Nicolas Pelisse, celui qui lui avait sauvé la vie. M et Mme Beaudrillard se souvenait de l'arrivée de ce trappeur. Il avait débarqué de France via Québec, par un beau jour de mai, et il souhaitait s'installer dans le coin, pour trapper et vivre dans le Grand nord. Dans un premier temps, il l'avait pris pour un hurluberlu. Mais bien vite, il avait fait plusieurs voyages avec des peaux de qualités. Puis apprenant à le connaître, ils avaient découvert sous son air bourru, un être bon et généreux. Ils l'avaient embauché comme bucheron à l'automne, afin d'aider M. Beaudrillard à remplir la réserve de bois pour l'hiver. Petit à petit l'oiseau avait fait son nid, comme on dit. Il était devenu un habitué de Chicoutimi, bien qu'il ait élu domicile (là où le sable se déplace) à Péribonka.

La nuit était déjà bien avancée, lorsqu'Antoine regagna l'écurie où chiens et chevaux faisaient bon ménage. Il s'allongea sur sa couche composée de paille, de foin, le tout recouvert d'une peau de Wapiti et d'une peau de bison en guise de couverture. Il se déshabilla et se glissa sous la peau de bison. Amarok, le rejoignit et s'allongea à ces côtés. Le sommeil le gagna rapidement et il sombra dans les bras de Morphée, sa nuit remplie de rêves et de pensées pour celle qui l'attendait là-bas dans la cabane de bois rond.

Le soleil était déjà haut dans le ciel, lorsqu'Antoine se réveilla ou du moins lorsqu'Amarok le réveilla en lui sautant dessus. Il avait dormi du sommeil du juste, et avait récupéré de ses cinq jours de voyage aller. Mais surtout de son bain involontaire dans les eaux glaciales de la rivière Péribonka. Il attela les chiens, et après avoir chargé le traineau, il remercia les Beaudrillard et les quitta comme il était venu. Il sortit du paisible village de Chicoutimi, en direction du lac Pygargue. Il savait que le voyage retour ne serait pas de tout repos et surtout que le chargement serait plus lourd qu'à, l'aller. Mais, il savait que ces provisions étaient nécessaires pour tenir jusqu'à la fin de l'hiver. Cet hiver qui durait plus de cinq mois, et parfois même sept mois dans ces contrées reculées.

Rejoignant son traineau, il donna l'ordre du départ en laissant son pied sur le frein, pour que les chiens ne partent pas trop vite, sur cette piste bien tassée et bien tracée. En passant devant le magasin général, il vit la famille Beaudrillard sur le pas de porte de celui-ci. Ils étaient là, pour lui dire au revoir. Il leva sa main gantée et fit un signe d'au revoir à cette famille fort respectable.

Le soleil brillait dans un ciel bleu glacial, la température était de -35°, pas de vent, pas de nuages dans le ciel, la journée s'annonçait agréable. Mais Antoine savait que le temps pouvait changer très rapidement et qu'en quelques heures, le blizzard pouvait se lever et rendre tout déplacement fort dangereux.

Chapitre 7

Le beau temps n'avait pas duré très longtemps. La mi-journée n'était pas encore arrivée, lorsque les nuages commencèrent à s'amonceler contre les hauts sommets environnant. Ils envahirent rapidement tout le ciel. Le firmament recouvert de son manteau gris, laissa bientôt la place à la neige. D'abord des flocons virevoltants, puis une bonne averse, et enfin une légère tempête de neige. Ce n'était pas encore le blizzard. Il était toujours possible de se diriger et de trouver son chemin. Celui-ci, bien connu d'Antoine, lui semblait écrit comme sur un livre, ou sur du papier à musique. Il passa en trombe devant la cabane de bois rond, que Nicolas Pelisse avait quittée pour aller trapper. La nuit approchant rapidement avec ce mauvais temps, il trouva un emplacement pour la nuit, où il s'installa le plus confortablement possible. Il avait trouvé un emplacement à l'abri du vent du nord sous le couvert des épinettes. Une fois le camp installé pour lui et ses chiens, il alluma un bon feu à l'intérieur du tepee. Il stocka à l'intérieur, une bonne réserve de bois pour la nuit, et une autre à l'extérieur au cas où, le mauvais temps le bloquerait ici quelques jours. Il avait creusé un trou dans la neige pour installer son tepee, puis avait recouvert la base de celui-ci avec la neige. Le bas de la tente ainsi bloquée finirait d'assurer une bonne tension de la toile, et surtout offrirait une bonne résistance au vent, en cas de blizzard. Pourquoi tant de précaution ? Il est des choses que l'Amérindien ressent, alors que le commun des mortels ne l'aurait pas imaginé. Les chiens aussi avait dû sentir l'arrivée de la tempête. Ils avaient creusé la neige et s'étaient couchés en boule, protégeant du mieux possible leurs museaux, leurs yeux et leurs oreilles.

Antoine venait de finir de manger, et de se réchauffer avec un bon thé bien chaud, lorsque le vent commença à s'intensifier. Dehors la neige virevoltait sous les rafales du Nord-Est. Les bourrasques venaient s'écraser sur le tipi et faisaient trembler l'ossature d'épinettes. Les précautions prises par Antoine seraient-elles efficaces ? Le vent ne semblait pas encore souffler à sa pleine puissance, et pour l'instant, tout allait bien.

Plus au nord, près du Lac Pygargue, le blizzard chahutait la cabane de bois rond depuis plusieurs jours. Shalan assise devant un bon feu de bois, et protégée du blizzard par l'épaisseur des fûts de bois, pensait à son homme. Avait-il déjà repris le chemin du retour avant que le blizzard ne se lève ? Où, se trouvait-il ? Quelque part entre Chicoutimi et le Lac pygargue ? Sous son tepee de voyage, avec ses chiens bloqués par le blizzard ? Elle savait qu'il ne prendrait aucun risque, et qu'avec les provisions qu'il ramenait de Chicoutimi, il pourrait tenir un siège. Mais, avait-il eu le temps de dresser un camp suffisamment à l'abri du Nord-Est et de ses bourrasques ? Toutes ces questions qu'elle se posait et qui restait sans réponses, elle ne les comprenait pas. Que se passait-il ? Depuis le temps qu'elle vivait avec Antoine, elle ne s'était jamais inquiétée, ni même posé la moindre question, lorsque son homme était loin d'elle.

Pendant qu'elle se posait des questions, Antoine, lui, dormait à point fermé. Ce n'était pas le vent qui bousculait le tepee, ni même le froid extérieur qui l'empêchait de dormir. Non rien de tout cela ne pouvait venir troubler son sommeil. Même s'il était toujours aux aguets, il avait depuis plusieurs années appris à dissocier les bruits, les risques et tout ce que devait connaître un homme dans le Grand nord. Il savait comment gérer au mieux son sommeil. Son sixième sens le réveillait, pour recharger le feu avant que celui-ci ne meurt. Pour récupérer au maximum entre deux périodes de veilles. Pour attendre que les loups partent loin du camp, et laissent tranquille ses chiens. Au fil des ans, son expérience grandissante lui avait fait découvrir certaines techniques de survie, que bien des manuels de survie auraient enviées. Mais, il savait aussi que demain, il ne servirait à rien de partir avec le traineau. Il savait qu'il n'y aurait pas d'accalmie avant trois jours, et qu'il faudrait sauter sur cette occasion, pour avancer par bond. Un petit bond pour l'homme, mais un grand pas vers la maison. Attendre l'accalmie, partir le plus loin possible pour installer un nouveau camp, avant le retour du blizzard, et puis recommencer ainsi jusqu'à l'arrivée au bord du lac pygargue. Le voyage prendra peut-être trois, six ou neuf jours pour le retour, mais la nature est ainsi. C'est elle qui décidera. Ici, l'homme n'est pas le maître, il est simplement admis. Wakan tanka l'autorise à vivre, à se nourrir, à trouver ce dont il a besoin. Mais il reste le seul maitre dans cette nature hostile, où l'homme est un animal comme les autres.

Des épinettes explosèrent sous l'emprise du froid et du blizzard qui les malmenaient. Ce claquement sinistre et reconnaissable parmi tous, annonçait des températures extrêmes. Tous les animaux de la forêt allaient se blottir, et trouver refuge là, où ils seraient le moins vulnérables. Certains continuaient à hiberner, pendant que d'autres s'abriteraient dans des vallons encaissés, dans des grottes. Mais comme tous les hivers, les plus faibles ne reverront pas le printemps. Soit la maladie les aura emportés, soit ils seront tombés dans les pièges du trappeur, soit le petit servira de repas au plus gros, soit le froid l'aura transformé en bloc de glace. C'est le cycle immuable de la vie, et personne ne peut aller contre. Mais pour nous Amérindiens la vie sur terre n'est qu'un passage et nous savons que l'avenir nous attend dans les grandes plaines avec Wakan Tanka. Nous retrouverons tous nos ainés, qui galopent sur leurs fiers mustangs. Passant leur temps à fumer la pipe, et à chasser Ťaťanka, pour nourrir la tribu.

Le froid commençait à se faire sentir dans le tepee, où le feu commençait à mourir. C'est alors qu'Antoine se leva pour remettre du bois, il souffla sur les braises, pour que le feu redémarra avec de jolies flammes qui allumèrent l'intérieur du tepee. Au dehors, le blizzard était toujours très actif, secouant le tipi et les arbres alentour. Il entonnait son chant lugubre, qui aurait glacé le sang de plus d'un trappeur. Profitant de la lumière du feu, Antoine se prépara du thé. Il avait enfilé des mocassins fourrés en peau de lapin. Un bon feu, un thé brulant et les pieds bien au chaud, il pouvait retourner se coucher sous sa couverture en peau de bison, et attendre le retour du jour en finissant sa nuit.

Lorsque le matin arriva, il rechargea le feu et mit de la neige à fondre pour préparer du thé et une bonne soupe bien chaude pour les chiens. Se couvrant précautionneusement, il ouvrit délicatement la porte du tepee, pour ôter la neige qui s'était accumulée pendant la nuit. Il sortit nourrir les chiens bien calfeutrés, sous leur gangue de neige, qui c'était amoncelée sur eux pendant la nuit. Puis il se dirigea vers les épinettes et en abattit une. Il ramassa du bois mort qui permettait de faire redémarrer un bon feu. Une fois l'épinette débitée, il stocka le bois autour et dans le tepee. La sève embauma l'intérieur de son abri. Il savait qu'il allait passer ainsi plusieurs jours. Il espérait seulement pouvoir repartir d'ici deux jours, et reprendre le chemin du retour. Et si l'arrêt devait être plus long que prévu, c'était une autre histoire. Il essaierait de partir au moins une journée. Il tenterait coûte que coûte d'avancer, avant d'être de nouveau arrêté par le blizzard. Après s'être occupé des chiens, il entra retrouver la douce chaleur du tepee, se servit une tasse de thé brulant et mangea quelques morceaux de viande séchée.

Il sortit de son sac à tabac, une pipe. Le fourneau était en pierre rouge, il représentait la terre. Le bison qui était gravé représentait les quadrupèdes. Le tuyau était en bois et représentait ce qui croît sur la terre. Il y avait douze plumes de Wambali Galeshka[44], l'aigle tacheté. Elles étaient situées, là où le tuyau entrait dans le fourneau. Elles représentaient tous les êtres ailés. Se tournant vers l'ouest, il mit une pincée de kinnikinnik (tabac rituel des sioux, composé d'écorce séchée d'aulne rouge ou de cornouiller sanguin, de tabac et de la racine de Sweet Ann) dans le fourneau, puis il fit de même vers le nord, vers l'est et le sud. Il mit une pincée de kinnikinnik en tournant le fourneau vers notre mère la terre. Pour finir, il mit une pincée de ce mélange en dirigeant le fourneau vers le ciel comme offrande à Wakan Tanka. Une fois le fourneau remplit, il prit une brindille enflammée et alluma la pipe. Les premières bouffées de fumée furent offertes au Ciel, à la terre et aux quatre directions dans le sens de la marche du soleil.

- How ! Hechetu welo ! C'est bien ».

Il continua à fumer sa pipe en implorant Wakan Tanka de mettre fin au blizzard.

Il passa ainsi sa journée à fumer, boire du thé, manger de la viande séchée, recharger son feu ct rendre visite aux chiens. Enfin la nuit arriva, et après une dernière visite aux chiens, il alla se coucher.

Le deuxième jour fut la copie conforme du premier, rien d'autre à faire que de prier, fumer, boire du thé, manger de la viande séchée, recharger son feu et rendre visite aux chiens. Et là aussi la nuit arriva, et là aussi après une dernière visite aux chiens, il alla se coucher.

Puis le troisième jour se leva. Le temps ne semblait pas vouloir s'améliorer, mais quelque chose dans le vent avait changé.

- How ! Hechetu welo ! C'est bien ».
- Demain devrait être une journée d'accalmie ».

Dit-il aux chiens.

- Nous partirons dès l'aube naissante ».

Effectivement, au cours de la nuit le blizzard avait cessé. Le ciel étoilé était apparu, amenant avec lui un froid glacial. La voie lactée était parfaitement visible. Par endroit des aurores boréales dansaient la danse des esprits des grandes plaines. Le spectacle ainsi offert était grandiose. Imaginez des aurores boréales aux multiples ondulations et aux couleurs plus belles les unes que les autres, variant du jaune au vert, formant des volutes, des spirales et autres arabesques dans un ciel immaculé remplit d'étoiles.

Le jour ne s'était pas encore levé, qu'Antoine était déjà en train de plier le camp. Les chiens attelés au traineau n'attendaient que l'ordre du départ. Le traineau était bientôt en ordre de marche. Après avoir vérifié une dernière fois qu'il n'avait rien oublié, Antoine donna l'ordre du départ. Il ne savait pas combien de temps durerait cette accalmie, mais mieux valait ne pas trainer. Tous le temps perdu, serait autant de temps loin de Shalan et du village. Du temps passé dans une nature devenue encore plus hostile, plus inamicale, voir même plus funeste. Et par temps de blizzard, rien ne valait l'abri d'un vrai tepee ou d'une cabane de bois rond. Les chiens avaient compris la mission qu'Antoine attendait d'eux aujourd'hui. Reconquérir le plus d'espace possible, entre cet arrêt forcé et le lac pygargue, avant une nouvelle offensive du blizzard.

Amarok à la tête des onze malamutes donna le rythme, sachant que la journée serait longue et qu'il devait économiser la force de l'attelage pour parcourir la plus grande distance entre le départ et le prochain arrêt. Quelle intelligence, quelle détermination pour un chien de tête et un chef de meute. Capable de comprendre les moindres faits et gestes de ses semblables ou de son maître. Capable d'anticiper les moindres modifications du sol sur lequel il courait. Sachant accélérer ou ralentir, là où il était important de freiner ou de hâter la marche. Antoine pouvait se reposer sur le savoir d'Amarok, et souvent il l'encourageait :

- How ! Hechetu welo Amarok ! C'est bien, Amarok ».

Le soleil venait de se lever là-bas à l'ouest et les rayons commençaient à apporter un semblant de vie à la nature frigorifiée par trois jours de blizzard. Toute la végétation était recouverte d'un linceul de neige immaculé. Par endroit, Antoine était obligé de chausser les raquettes, et de courir devant l'attelage pour tracer le chemin. En effet, des congères s'étaient formées en travers de la piste. Celles-ci ralentissaient la progression des chiens, qui devaient batailler ferme avec de la neige jusqu'au poitrail. La mi-journée était déjà dépassée, lorsqu'Antoine décida de s'arrêter pour une petite halte, bien méritée par tous. Il donna à manger aux chiens et fit un feu pour faire fondre de l'eau, et faire du thé pour lui et de la soupe pour les chiens. Une fois tout le monde réchauffé et reposé, il repartit avant la prochaine halte qui serait celle de la nuit. Derrière eux, le ciel se couvrait déjà alors que, devant, le ciel était encore parfaitement dégagé. Poussant les chiens dans un rythme soutenu, Antoine voulut parcourir une grande distance avant la nuit. Amarok, en bon chien de tête obéissant, accéléra le rythme de l'attelage. De temps en temps, Antoine se retournait pour voir la progression du mauvais temps. Mais pour l'instant, celui-ci ne gagnait rien sur l'attelage, et cela l'encourageait dans sa course folle en avant. Il dut quand même se rendre à l'évidence. Il était plus que raisonnable de s'arrêter avant la nuit, pour monter son camp en prévision d'une nouvelle période de blizzard. Connaissant parfaitement la région, il bifurqua sur la droite dans un petit vallon qui offrait une bonne protection contre le vent du nord et où il était sûr de trouver de l'eau et du bois sec. Lorsqu'il fit stopper le traineau, les chiens avaient donné tous ce qu'ils avaient. Il les détela, vérifia l'état de leurs coussinets et leur donna à manger. Il monta avec beaucoup d'attention son tepee. Il alluma rapidement un bon feu à l'extérieur et un autre à l'intérieur. Dedans, il se prépara une bonne soupe, alors que dehors il faisait de même pour les chiens, coupant de la viande, des plantes et des racines dans chaque cocotte, et en les assaisonnant avec des herbes aromatiques. Il était exténué, mais il ne pourrait se reposer qu'après avoir servi la soupe aux chiens. Il rechargea le feu de son abri. Il effectua une réserve de bois à l'intérieur de celui-ci, et constitua une autre provision de rondins devant l'entrée, ce qui faisait un coupe-vent supplémentaire devant l'accès.

Il ne s'était pas installé confortablement dans le tepee depuis plus d'une heure, qu'une nouvelle période de blizzard commença. Elle fut la copie conforme de la première, rien d'autres à faire que de prier, fumer, boire du thé, manger de la viande séchée, recharger son feu et rendre visite aux chiens. Cela dura pendant deux jours. Et là aussi les nuits se succédèrent, et là aussi, il attendit une nouvelle accalmie pour repartir vers le lac pygargue.

A l'aube du troisième jour, une nouvelle accalmie se dessina, et ce fut l'heure de se remettre en route. Pendant toute la journée, les chiens tirèrent sans rechigner quand ils pouvaient avancer rapidement, ou bien marchaient lentement lorsqu'Antoine traçait la piste en raquettes, devant eux. Le soir venu, tous s'arrêtèrent, las de tant d'effort, et n'attendant que le moment de dormir avec impatience. A l'aube du quatrième jour, le blizzard n'avait pas repris, alors Antoine décida de repartir le plus rapidement possible.

Il y avait maintenant huit jours qu'il était parti de Chicoutimi, et il lui restait encore une bonne journée de traineau, avant d'accéder à la dernière piste qui lui permettrait d'atteindre la cabane en rondins. Cette cabane dans laquelle un bon feu de bois parvenait péniblement à tempérer la pièce principale. A la fin de la journée, les épinettes ployaient de nouveau sous le blizzard qui se faisait de plus en plus violent. La visibilité était réduite au minimum, et le vent malmenait les chiens, qui avançaient laborieusement dans cette tempête. Bien qu'habitués à de tels efforts, ils devaient tracter un traîneau lourdement chargé, dans des conditions dantesques. En ce cinquième jour de voyage, la cabane serait en vue. Le blizzard s'arrêta aussi soudainement qu'il avait commencé. Le ciel s'était alors éclairci en un clin d'œil, et la lune brillait de toutes ses forces. Elle illuminait le paysage, d'une lumière blanchâtre et glaciale. Le froid avait dû encore descendre vers des températures polaires extrêmes. Sentant la cabane se rapprocher, les chiens avaient repris du poil de la bête. Leur instinct ne les avait pas trahis : au bout du lac gelé, un point lumineux brillait dans la nuit. Cette petite lueur était une fenêtre sur la vie. Mais qu'est-ce que la vie, dans cette immensité glacée ? comme le disait le Chef Crowfoor de la tribu des black-feet : « C'est l'éclat d'une luciole dans la nuit. C'est le souffle d'un bison en hiver. C'est la petite ombre qui court dans l'herbe et se perd au coucher du soleil ». Aussitôt le rythme s'accéléra, comme si la fatigue des jours passés venait de disparaitre.

La distance qui séparait encore le traineau de la cabane fut avalée en moins de temps qu'il ne faut pour l'écrire. Le traineau s'arrêta devant la porte. Antoine détacha les chiens et les attacha chacun à leur place. Il ne pouvait pas les laisser divaguer. Les attacher ainsi évitait les bagarres et les disparitions dues aux bêtes sauvages. Shalan sortit en apportant de beaux morceaux de viande d'orignal et de wapiti pour les chiens. Ils faisaient des bonds, et poussaient des gémissements de satisfaction, tout en se léchant les babines. Cette scène faisait plaisir à voir. Cette viande a une odeur particulière et se laisse fondre sur la langue, en déposant un petit goût de senteur forestière, qui est une joie pour les papilles gustatives.

Après avoir soigné les chiens et rentré le traineau à l'abri, Antoine avait poussé la porte de la cabane. La chaleur lui brûla le visage, alors que le froid lui glaçait encore le dos. Dans la pénombre de la pièce, une lueur douce et chaude réchauffait l'atmosphère. Elle provenait de la cheminée dans laquelle le feu crépitait, et d'où de minuscules flammèches s'échappaient, pour aller s'éteindre sur le sol. Suspendu à la crémaillère, une grosse marmite de fonte noire, au couvercle entrouvert, laissait entendre un petit

« bloup-bloup ». Elle laissait flotter dans la pièce une douce odeur de ragout à la viande d'orignal. Ce bouquet mélangé au parfum du feu de bois aiguisa l'appétit d'Antoine. Shalan lui servit une copieuse assiette, qu'elle accompagna de pain banique et de thé. Le repas à peine terminé, la fatigue avait cloué Antoine sur la table. Il s'était endormi là, assis sur le banc, les avant-bras posés sur le repas. Celle qui partageait sa vie apporta une couverture en peau de cerf de Virginie et la lui posa délicatement sur le dos. Puis elle alla se coucher au fond de la cabane à l'endroit, où, ils avaient installé un lit fait de planches de bois recouvertes de branches d'épinettes, elles mêmes recouvertes de peaux de bêtes. Elle se glissa sous la couverture en peau de bison qui recouvrait le lit. Elle était soulagée par le retour de son homme, et elle s'endormit bien vite dans la chaleur de sa couche.

L'hiver était terrible, glacial, long comme un jour sans pain. La neige tombait jours et nuits sans discontinuer.

Et, lorsque celle-ci cessait, le blizzard prenait la relève. Non seulement, il la faisait pénétrer dans tous les plus petits recoins où elle pouvait se faufiler, mais en plus, il rendait le froid encore plus pénétrant. L'eau puisée dans la rivière gelait avant d'arriver dans la cabane de bois rond. Toutes les nuits, Antoine et Shalan devaient se relayer pour entretenir le feu dans la cheminée. En agissant ainsi, jusqu'au petit matin, la glace ne recouvrait pas l'intérieur des vitres et l'eau n'avait pas gelé dans le seau près de la fenêtre.

Combien de temps allait encore durer l'hiver, avant que ne reviennent les beaux jours d'avril ?

Chapitre 8

Au cours de la nuit, les chiens étaient revenus de leur chasse nocturne. Amarok s'était installé en boule, contre son maître. Le reste de la meute s'installa de l'autre côté du feu.

Antoine s'étira, le jour était déjà levé. Le soleil illuminait les sommets enneigés, alors que la vallée était toujours dans l'aube naissante. Il rechargea le feu, et frotta la tête d'Amarok.

- Regarde mon chien, là-bas derrière le déversoir, se trouve le lac pygargue.
- Waouh, hou.
- C'est au bord de ce lac, que nous nous installerons. »

Amarok, le regarda en dodelinant de la tête, pour lui dire qu'il avait compris.

- Pour y parvenir, nous devons longer la rivière et trouver un gué pour traverser, puis remonter le long du déversoir, mais d'abord, nous devons plier le camp et recharger les chevaux. »

Antoine avait entravé les chevaux, pour que ceux-ci ne puissent pas aller trop loin. Malgré cette précaution, ils étaient à près de cinq cents mètres du camp. Les ramenant par la longe, il regardait la nature s'éveiller. Amarok s'arrêta brusquement, devant un terrier de chien de prairie, et commença à creuser frénétiquement l'entrée du gîte.

- Ne te fatigue pas, ils sont bien trop loin pour que tu les atteignes. »

Le chemin de retour longeait la rivière. Dans la vase au bord de l'eau, une trace énorme de patte de grizzly. Celui-ci avait dû venir pêcher. Amarok se mit à gronder en reniflant l'empreinte.

- Oui mon chien, il vaut mieux qu'il s'occupe des poissons, plutôt que des chevaux ou de nous. »

Chevaux et chien convenablement bâtés, Antoine effleura les flancs de son cheval, avec le talon pour que celui-ci démarre. Se retournant, il appela ces chiens.

- Allez les p'tits loups en avant. »

Amarok et les dix autres malamutes suivirent la piste, à la suite des chevaux. La petite troupe longeait les berges de la rivière depuis deux heures, lorsqu'ils trouvèrent un gué. Ils traversèrent celle-ci, sur une dalle de galet polis par les eaux, dans de bonnes conditions. Chevaux et chiens ne s'étaient mouillé que les sabots et les pattes. Après trois cents mètres sur l'autre rive, le chemin obliqua vers la droite et commença à gravir le déversoir du lac Pygargue. Au loin, un vol d'outardes annonçait l'arrivé du printemps. C'était donc vrai, à cette altitude, le printemps arrivait à canwapenanbleca wi (tchan-oua-pé-nan-blè-tcha-oui) « la lune quand les bourgeons apparaissent [45]». De mémoire de vieux Sioux, on avait même vu la neige jusqu'à wipazutkanwaste wi (wi-pa-zou-kan-oua-chté-oui) « la lune quand les fruits sont bons[46] ». Mais cela est une autre histoire.

Le chemin devenait de plus en plus escarpé, mais grâce à l'exposition plein sud, la neige avait complétement disparu, laissant un chemin gras mais praticable. Le travois avait dû être replié, et la charge répartie sur les bâts des chevaux et des chiens. La progression, bien que devenue lente, était régulière. L'itinéraire zigzaguait sur les pentes du déversoir, puis il s'orienta plein est afin de passer une délicate barre rocheuse. La pente s'adoucit légèrement permettant aux chevaux de souffler et de reprendre leur souffle. Une légère inclinaison allait les conduire vers le petit col. Il formait le sommet du déversoir. Antoine assis sur sa selle fut le premier à apercevoir le paysage du lac Pygargue.

- Nous arrivons, encore un petit effort. »

Les derniers hectomètres du déversoir furent franchis. Une belle pelouse plane fit suite au chemin escarpé de la montée.

Antoine arrêta les chevaux, remonta le travois et délesta les chiens de la charge supplémentaire qu'ils venaient de transporter. Il s'accroupit au bord de l'onde fraiche et se désaltéra. Il regardait autour de lui, contemplant le paysage à la recherche de l'emplacement de son camp. Il avait prévu dans un premier temps de monter son tipi, avant de construire une cabane de bois rond. Il devait trouver ce lieu, à l'abris du vent du Nord-Est, suffisamment ensoleillé, non loin de la source d'eau chaude, du lac et surtout en évitant d'être sur le passage des animaux. Mais aussi vérifier les coulées d'avalanches, lesquelles avaient tout détruit sur leur passage. Des névés impressionnants s'étaient formés au bas de certains cônes d'éboulement. Ils étaient composés de neige, de bois et de cailloux, que les avalanches avaient arrachés sur leur passage.

Arrivant sur un vaste plateau herbeux, il s'arrêta. Il enleva le bât des chiens et des chevaux. Regardant Amarok, il lui dit :

- Cette place sera parfaite pour quelques jours en attendant que nous trouvions l'endroit idéal.
- How ! Hechetu welo ! C'est bien. Semblait dire Amarok en regardant son maitre.
- Tu es vraiment un bon chien, il ne te manque que la parole. »

Après avoir vérifié l'orientation, Antoine commença l'installation de son tepee. Il commença par le montage d'un trépied. Une fois celui-ci positionné correctement, il l'étoffa avec les douze autres perches. Chaque côté du trépied sera formé de cinq poteaux. Antoine laissa un espace d'environ un mètre entre chaque pied de perche, puis utilisant sa longue corde en peau de bison, il lia tous les poteaux entre eux. Il installa alors la doublure interne, qui permettait une meilleure ventilation, une meilleure isolation, et une intimité pour ses occupants. Profitant de la lumière du jour, il en profita pour préparer le trou central pour le feu, qu'il entoura de pierre. Il ne lui restait plus qu'à installer la toile extérieure. Il tendit celle-ci, avec des pieux de bois qu'il enfonça dans le sol. L'entrée du tipi était orientée à l'Est, afin d'éviter les vents dominants des grandes plaines, qui soufflent habituellement de l'ouest. Spirituellement, l'Est est l'endroit où commence la marche du soleil.

- How ! Hechetu welo ! C'est bien ».

Mais avant de prendre possession de ce tipi, il fallait le purifier en implorant Wakan Tanka.

Il sortit sa pipe de son sac à tabac. Le fourneau est en pierre rouge, il représente la terre. Le bison qui est gravé représente les quadrupèdes. Le tuyau est en bois et représente ce qui croît sur la terre. Il y a douze plumes de Wambali Galeshka, l'aigle tacheté, situées, là où le tuyau entre dans le fourneau. Elles représentent tous les êtres ailés. Se tournant vers l'ouest, il mit une pincée de kinnikinnik (tabac rituel des sioux, composé d'écorce séchée d'aulne rouge ou de cornouiller sanguin, de tabac et de la racine de Sweet Ann), dans le fourneau, puis il fit de même vers le nord, vers l'est et le sud. Il mit une pincée de kinnikinnik en tournant le fourneau vers notre mère la terre. Pour finir, il mit une pincée de ce mélange en dirigeant le fourneau vers le ciel comme offrande à Wakan Tanka. Une fois le fourneau rempli, il prit une brindille enflammée et alluma la pipe. Il entra dans le tipi et les premières bouffées de fumée furent offertes aux quatre directions dans le sens de la marche du soleil, puis au Ciel, et à la terre. Puis ressortant, il effectua le tour du tepee dans le même sens.

- How ! Hechetu welo ! C'est bien ».

Maintenant, il pouvait allumer le feu dans son tipi. Il utilisa les braises de sa pipe pour allumer la mousse et les brindilles, qu'il venait de positionner dans le trou. Celui-ci était entouré de pierre. Il joua avec l'auvent du tipi afin de faire arriver de l'air frais vers le bas du trou. Au dessus de celui-ci, un trépied sur lequel était suspendu un récipient. Les premières flammes apparurent, il posa petit à petit des morceaux de bois, de plus en plus gros. Profitant de ces premières flammes, il mit à chauffer de l'eau et y plongea des feuilles de thé. Assis là, devant le feu, en buvant son thé, il pensait à toutes les tâches qui l'attendaient. Par laquelle allait-il commencer ? Quelles étaient les priorités ? Voilà des questions, qu'il avait volontairement repoussées pendant le voyage, en se disant qu'il avait largement le temps d'y penser. Mais aujourd'hui, le voyage était terminé, alors elles revenaient dans son esprit, et ne le lâcheraient pas, avant que la réponse soit apportée. Il devait s'organiser. Aujourd'hui, il était seul pour tout décider, plus personne pour penser à sa place, pour arrêter pour lui, pour vivre sa vie. Il avait voulu voler de ses propres ailes, et trouver la sagesse. Il lui fallait maintenant en assumer les conséquences. Comme le disait si bien un chaman Eskimo à Rasmussen : « La vraie sagesse se trouve loin des gens, dans la grande solitude. On ne la trouve pas en s'amusant, mais en souffrant. La solitude et la souffrance ouvrent l'esprit humain et c'est là que nous devons chercher la sagesse ». Trouvera-t-il la sagesse ? Cela était une autre affaire. Il lui fallait pour l'instant se consacrer à son camp. Préparer l'hiver, qui ne manquerait pas de revenir aussi rapidement qu'un mustang au grand galop.

Antoine décida de partir observer les alentours avec ses chiens. Pour avoir une meilleure visibilité sur tout le territoire qui l'entourait, il se dirigea vers un sommet qu'il apercevait de l'autre côté du lac. Il estimait qu'il lui faudrait une demi-journée pour atteindre ce promontoire, si tout se passait bien. Il chargea un sac de bât, avec des provisions et le fixa sur le dos d'Amarok. Prenant son fusil, il se dirigea en direction du sommet. Il commença par contourner le lac en passant par le sommet du déversoir. Là, où l'eau était peu profonde. Son œil averti repéra des truites entre deux eaux. Il n'avait pas été le seul à les avoir vues. En effet, Nanook un malamute fort comme un ours avait plongé sur les poissons, de cette variété de salmonidé. Il en avait attrapé une petite et la dévorait tranquillement sur la berge. C'était le seul chien capable d'attraper ainsi un poisson. Même

Amarok, pourtant doué pour la chasse, ne parvenait pas à saisir un poisson nageant.

- C'est bien mon Nanook ».

Reprenant son chemin, il croisa différentes traces d'animaux, dans les sous-bois qui faisaient suite à la berge ouest du lac. Il reconnut des traces de wapiti, de cerf de Virginie, d'orignal, de perdrix, de dindon, de castor, sans oublier des traces de lynx, de loup, d'ours noir et même de grizzly. Il avait donc de quoi chasser pour se nourrir, s'habiller et faire du troc au comptoir de la compagnie du Nord-Ouest. Il pourrait échanger les peaux contre des denrées et autres fournitures. Mais ce qui l'inquiéta, c'était cette trace particulière. Cette empreinte qu'il n'avait vue qu'une seule fois. Celle d'un animal qui ne devrait pas être de ce côté-ci du Canada. En effet, le pi-twal (celui qui a une longue queue)[47], est le plus grand prédateur sauvage après l'ours, mais il vit habituellement dans l'ouest, du côté des Rocheuses. Qu'est ce qui avait pu le pousser jusque là ? Il faudra donc se montrer prudent, et peut-être essayer de s'en emparer au cours de la saison de trappe. Antoine suivait une espèce de sentier, plus un passage d'animaux où toutes sortent de traces se mélangeaient, dans un imbroglio de griffes, ongles, doigts et autres sabots. Par endroits la forêt s'éclaircissait, à d'autres endroits le couvert végétal rendait celle-ci presque noire. Des érables, des bouleaux jaunes, des tilleuls, des sapins baumiers, des épinettes blanches, et autres épinettes noires composaient la forêt qui l'entourait. Il avait repéré quelques grands pins gris, qu'il utiliserait pour construire sa cabane en bois rond, en plus des épinettes noires et blanches. Approchant du sommet, la forêt se clarifiait, laissant place à des prairies où se côtoyaient bleuets, airelles, sureau blanc et autres cerises à grappes. Il longeait cette barre rocheuse depuis un certain temps, lorsqu'il déboucha sur le surplomb rocheux. Là, devant lui se trouvait un petit groupe de chèvres des montagnes. Cet animal trapu reconnaissable avec son épaisse toison blanche, ses quelques poils dorsaux de couleur brune, sa barbichette imposante, et ses cornes plutôt minces était d'un noir pur. Très farouches, Antoine n'eut que le temps de les voir décamper. Comme le pi-twal (celui qui a une longue queue), il n'était pas courant d'en trouver de ce côté-ci du Canada. La visite de son territoire lui réservait bien des surprises, et il n'était là que depuis quelques heures. Assis sur cet éperon rocheux, les jambes pendant dans le vide, il contemplait le paysage qui s'étendait devant lui, à perte de vue. Une légère brise soufflait dans ses oreilles. Une multitude d'oiseaux aux couleurs variées voletaient. Des becs croisés des sapins, des pirangas écarlates, des geais bleus, des passerins indigos, des roitelets à couronnes dorées, ou encore des parulines du Canada. Mais, l'œil averti d'Antoine avait repéré deux nids de pygargue, cet aigle pêcheur à tête blanche. L'un des deux nids était posé là haut, sur ce pin majestueux. Dans le ciel, deux pygargues volaient…non…ils planaient…non, ils exécutaient une parade nuptiale spectaculaire. Ils s'accrochaient tous les deux par les serres et tournoyant en plein ciel, se laissaient tomber et se séparaient juste avant de toucher le sol. Puis ils remontaient haut dans le ciel, le plus haut qu'ils pouvaient et recommençaient leurs acrobaties aériennes. Ainsi, plusieurs fois de suite, le spectacle fut offert à Antoine, qui n'en loupait pas une miette. Lequel était le mâle, laquelle était la femelle ? La femelle est souvent plus grande, plus lourde, que le mâle. Que dire de son envergure magistrale, qui domine celle du mâle, et qui peut atteindre deux mètres quarante quatre.

Au dessous d'Antoine se dessinait le lac, formant un ovale presque parfait. D'un côté le déversoir par lequel, il était arrivé. De l'autre, la rivière de la carpe partait vers le nord, en s'enfonçant dans la forêt. Elle semblait se terminer loin là-bas dans les montagnes, où, les sommets avaient encore leurs bonnets blancs d'hiver. Du côté est du lac, une immense prairie faisait suite aux berges. Elle s'enfonçait profondément dans les épinettes, et semblait ne jamais finir. A l'ouest, où il se trouvait, la barre rocheuse tombait abruptement vers un cône d'avalanche qui se déversait dans le lac. Alors qu'au dos du rocher, une longue pente boisée descendait lentement vers l'ouest, et les grandes plaines à bisons. On devinait le col par lequel ils devaient passer, pour atteindre leur pâturage d'été. Le regard d'Antoine, allant du lac aux sommets, de la prairie à la forêt, se perdait dans cette immensité sauvage. En contre bas, près du lac, la horde des chèvres des montagnes se désaltérait. Il regarda Amarok est lui dit :

« Nous sommes une partie de la Terre, et elle fait partie de nous. Les fleurs parfumées sont nos sœurs. Le cerf, le cheval, le grand aigle, ce sont nos frères. Les crêtes rocheuses, les sucs dans les près, la chaleur du poney, et l'homme, tous appartiennent à la même famille.

Nous savons au moins ceci : La Terre n'appartient pas à l'homme, c'est l'homme qui appartient à la Terre. Toutes les choses se tiennent[48] ».

Chapitre 9

Pendant l'hiver, Antoine avait pris soin de restaurer son canot, en écorce de boulot. Le renforçant par endroit, bouchant les trous, et le mastiquant avec de la sève d'épinette chaude. La sève chaude était un bon mastic. Une fois durci sur l'écorce de boulot, elle rigidifiait l'ensemble de l'embarcation, et lui donnait une teinte ambrée. Il avait ainsi donné une seconde vie à son esquif.

En ce mois de la lune quand on casse les os pour la moelle[49], les eaux nouvellement libérées par la glace permettaient à nouveau la navigation en canot. Mais il convenait d'être prudent. A cette période de l'année, où la débâcle n'est pas encore terminée, les eaux charrient des blocs de glace. Ces espèces de mini séracs qui flottaient encore à la surface des cours d'eau, ou qui se retrouvaient bloqués entre deux eaux dans les rapides, ainsi dissimulés, pouvaient surprendre la frêle embarcation, et causer d'importants dégâts.

Le soleil commençait à disperser la brume matinale, qui s'étirait en volutes au-dessus des flots. Par endroit, la brume s'attardait au-dessus des bras de la rivière, enfermant dans ses méandres, les rives marécageuses. Les épinettes, les érables et les cèdres, habillés par la vapeur paraissaient fantomatiques. Les reflets de ceux-ci, dans les eaux de la rivière, semblaient surréalistes. Impossible de savoir où se terminait le sol gorgé d'eau et où commençait la rivière. Le brouillard rendait la vision irréelle. Les gouttelettes d'humidité faisaient briller l'herbe verte sous l'action du soleil. Une sensation étrange flottait dans ce petit matin naissant. Le silence était pesant, la moiteur envahissante et le soleil, caché derrière la brume, ressemblait à la lune. Il fallut attendre le chant des oiseaux, pour que la nature se réveille et que les animaux nocturnes regagnent leurs tanières, nids ou terriers pour commencer leurs nuits. La dure loi de la vie avait encore frappé au cours de cette nuit, apportant ses joies et ses peines. Pour certains, elle avait sonné la fin de leur vie. Ils étaient tombés sous les crocs d'un prédateur où bien piégés par l'homme. Pour d'autres, l'aube naissante était le signe de la renaissance.

Amarok assis à l'avant du canot regardait les rives, en humant l'air à la recherche d'une odeur. Les oreilles dressées, il les orientait dans tous les sens, à l'écoute du moindre son. Lorsqu'il se mettait à grogner, un seul geste d'Antoine le faisait taire. Ce grognement suffisait pour avertir Antoine d'une présence, animal ou humaine en fonction de la tonalité employée par son chien.

Qu'il était agréable de descendre le long de ce cours d'eau, en se laissant emporter par le courant, ne modifiant la trajectoire du canot que pour éviter un caillou à fleur d'eau, à l'aide de la pagaie. Il regardait le paysage qui défilait lentement au fil de l'onde. Il contemplait l'image des épinettes. Elles se reflétaient dans le miroir de la rivière, formant un bouquet majestueux. Il observait ce saumon qui partait pour un long voyage, vers l'océan. Il guettait cette truite qui allait sauter hors de l'eau pour se délecter, d'un insecte qui volait en rase-motte, au-dessus des flots. Plus loin, il rencontra un orignal et son petit qui se désaltéraient. Ou encore ce pygargue piquant vers sa proie. A moins que ce ne soit ce grizzly en train de se gaver de saumon, ou cet ours noir en train de s'empiffrer de miel sauvage. Le spectacle de ces abeilles en formation de combat, qui se jetaient tour à tour, le dard en avant, pour protéger leur travail, de se glouton. Antoine restait là, admiratif, à contempler le travail effectué par cette famille de castors, qui transformait petit à petit ce bras de rivière en lac. Certains formaient un entrelacs de branches et de pierres, alors que d'autres bouchaient les trous, avec une boue épaisse mélangée à des copeaux de bois et des feuilles. Quelle ingéniosité, n'est ce pas ?

Par endroit, des bois transportés par la débâcle obstruaient les rapides. Alors, Antoine était obligé de mettre pied à terre pour effectuer un portage afin de contourner l'entremêlât de bois mort. Plus loin, une chute d'eau plus importante obligeait à un nouvel arrêt, afin de l'éviter. Mais ces chemins de contournement étaient bien marqués, car fréquemment empruntés par les chasseurs du village.

C'est au détour d'un de ces chemins d'évitement, qu'Amarok s'arrêta net, et se mit à grogner, les poils dressés sur le dos. Antoine voulut faire taire le malamute, mais celui-ci marquait le pas, pour faire prendre conscience à son maître qu'un danger était proche, voir imminent. Qu'avait-il vu ? Quel était le danger qui rôdait ? A quoi fallait-il s'attendre à la sortie du prochain virage ? Une chose était sûre, il fallait qu'Antoine arme son fusil, et reste sur ses gardes. Ils avançaient à pas feutrés, tous leurs sens en éveil, à l'écoute du moindre bruit, du plus petit souffle de vent apportant la moindre odeur reconnaissable. Ils marchèrent ainsi de longues minutes, scrutant les moindres recoins aux alentours du chemin. Un silence pesant enveloppait la forêt, telle une chape de plomb. Plus un seul chant d'oiseau, plus un souffle de vent, plus un seul bruissement dans les branches, plus un seul cri d'animal. Rien, rien que le silence angoissant, la vie semblait s'être arrêtée. Même le ruisseau semblait s'être tu. Homme et chien avançaient le souffle court et le cœur tapant dans leurs tempes. Amarok et Antoine s'arrêtèrent silencieusement, devant le tableau qui se jouait en face d'eux. L'esprit du mal était là, à quelques mètres d'eux, de l'autre côté du chemin. Un Carcajou arc-bouté dévorait sa proie. A la forme et à la couleur de celle-ci, Antoine reconnu un cerf de virginie. Le Carcajou est un plantigrade, il est aussi appelé Glouton. C'est l'animal le plus fourbe, le plus vicieux et le plus détesté de la forêt. Il a une odeur pestilentielle, une force redoutable et possède des griffes acérées capables de déchirer n'importe quel ventre de n'importe quel animal, d'un seul coup de patte. Il est l'animal le plus craint de toute l'Amérique du Nord. Il est agile comme un singe, aussi bon nageur qu'un poisson, aussi discret qu'un harfang des neiges. Même si, il est un piètre coureur, il reste un redoutable marcheur, capable de parcourir 150 kilomètres sans arrêt. Il était rare de le voir en pleine journée, alors que faisait-il là à cette heure ?

C'était la deuxième fois qu'Antoine croisait un Carcajou en pleine journée, et cela lui rappelait un bien mauvais souvenir. En effet, il avait perdu deux chiens éventrés par le Carcajou. Et en guise de cadeau, le mustélidé lui avait laissé une belle estafilade sur la cuisse. Heureusement, un trappeur passant dans les parages avait tiré sur la bête, mais celle-ci avait pu s'enfuir, laissant Antoine blessé et ses deux chiens baignant dans leur sang.

Devant la scène qui se déroulait, la cicatrice semblait bouillir, la peau semblait bouger comme habité par l'esprit du mal.

Antoine s'agenouilla et épaula son fusil. Il visa tranquillement l'animal, pensant déjà à cette fourrure souple. Elle était appréciée pour confectionner une capuche, car elle ne retenait ni le givre, ni la condensation due à la respiration. On utilisait la peau qui courait des omoplates au train arrière, pour confectionner les carquois. Cette fourrure de couleur noire était d'une très grande robustesse et résistait aux pointes de flèches. Alors que l'animal était dans sa ligne de mire, son doigt commença à appuyer sur la détente très délicatement, comme pour prendre le temps d'apprécier cet instant. Ce moment qui allait se terminer dans quelques centièmes de seconde, par une explosion de poudre, de plomb, et par la mort de la bête. Au moment où le point de non-retour allait être atteint, le Carcajou regarda Antoine droit dans les yeux. Il regardait l'homme avec ses petits yeux noirs. Il avait le regard d'un myope et ses pupilles étaient dilatées. Il lui lança un regard de furie. Le bruit assourdissant qui fut produit par le choc du percuteur sur l'arrière de la balle, en une fraction de seconde, permit au Carcajou de se remettre sur ces pattes, et de commencer un mouvement de course en avant. La balle le rattrapa avant que celui-ci ait pu effectuer un mètre. Un feulement inhumain, voire diabolique s'éleva dans la forêt. Ce cri atroce glaça le sang de tous les êtres vivants à des centaines de mètres à la ronde. L'esprit du mal se redressa à la seule force de ses pattes avant. Le regard en disait long sur sa détermination. Il essayait d'avancer vers l'homme, malgré son arrière train qui trainait sur le sol. Dans un mouvement rapide, Antoine avait réarmé sa winchester, et tiré une seconde fois. La seconde balle toucha le Carcajou en pleine tête, le clouant sur place. L'esprit du mal avait définitivement quitté l'enveloppe corporelle de l'animal.

Amarok était resté couché au pied de son maitre. Ni l'un, ni l'autre n'osait bouger, attendant un énième sursaut de la bête. Plusieurs minutes passèrent sans aucun mouvement dans la forêt. Le cœur d'Antoine retrouvait petit à petit son calme. Sa respiration redevenait normale. Puis le chant d'un oiseau réveilla la nature et la vie reprit comme si rien ne s'était passé. Ils approchèrent lentement du Carcajou. L'homme, touchant l'animal avec le bout de son fusil, pour se rassurer et être sûr du décès de la bête. S'il n'y avait pas eu cette flaque de sang autour de sa tête, on aurait pu croire que l'animal était endormi. La première balle lui avait cassée la colonne vertébrale, lui paralysant le train arrière. Et malgré cela, il avait encore eu la force d'avancer vers l'homme en feulant de colère, pour en découdre avec ce bipède. La seconde balle avait traversé la tête de part en part, passant entre les deux yeux et lui faisant exploser l'arrière de la boite crânienne. Cela avait mis fin aux souffrances de la bête.

Antoine regardait la dépouille gisante sur le sol. Aucun indien, ni aucun coureur des bois n'appréciaient cette animal.

C'était une bête imposante qui était là, sur la terre. Il mesurait 3 pieds et 6 pouces de long et devait peser dans les 39 livres, soit le gabarit d'un petit ours. Son poil avait des teintes variées. Sa fourrure était noire de l'arrière de la tête jusqu'à la base de la queue, une bande d'un brun clair allait du haut des pattes avant jusqu'à la naissance de la queue. Puis la fourrure devenait plus sombre et les pattes étaient d'un brun très foncé, voire presque noires pour les deux de l'avant.

- Amarok, nous voilà délivré de l'animal le plus féroce du grand nord. »

Antoine attacha les pattes de l'animal et le hissa sur son dos. Il avança jusqu'au bord de la rivière. Sur la grève, il posa la dépouille de l'animal. Il affuta son couteau de chasse. Puis, délicatement, il commença à découper la peau au niveau des pattes, puis le long de celles-ci. Il l'incisa du bas du ventre jusqu'à la gorge, puis commença à retirer la peau du carcajou. Il découvrit alors un horrible spectacle. Une grande quantité d'asticots étaient agglutinés au niveau du coup, entre la chair et la peau de l'animal. Ils avaient déjà largement commencé à se régaler de la chair de celui-ci. Une fois la peau retirée de la carcasse, il la nettoya et la dégraissa, en la raclant à l'aide d'un couteau spécifique fabriqué avec un morceau d'omoplate de bison. Afin d'éliminer le gras, et les dernières larves qui restaient encore accrochées au cuir, il passa un mélange de sable et de terre sur le verso de la peau. Puis, il lava et rinça plusieurs fois la fourrure à grande eau pour en retirer l'odeur pestilentielle. Il l'attacha derrière le canot et la laissa tremper. La viande étant impropre à la consommation, il creusa un trou et enterra la dépouille du carcajou.

Regagnant le canot, Antoine et Amarok remontèrent dans celui-ci pour reprendre leur chemin. La peau de l'animal accrochée à l'arrière de l'embarcation trainait dans l'eau. La navigation était devenue facile et le soleil réchauffait l'atmosphère. Les rayons chauffaient le dos d'Antoine. Les paysages se reflétaient dans les flots limpides du cours d'eau.

Il continuait leur descente vers la chute aux Outardes[50]. Là-bas, un camp les attendait pour passer la nuit. Antoine tendit la peau sur un support en bois, en la fixant avec des tendons de bison, qu'il passait dans la peau du carcajou avant de la fixer sur le cadre en bois. Il faudra plusieurs jours, voire semaines à la peau pour sécher et perdre sa mauvaise odeur, avant de pouvoir être tannée correctement, utilisée.

Le pays commençait à abandonner ses teintes hivernales, pour faire place aux verts tendres du printemps, qui tranchaient avec le vert dur des épinettes. Là, où la neige avait disparu récemment, l'herbe était encore brunie par le gel. Le chant des oiseaux annonçait la venue des beaux jours et le retour des outardes. Les premiers vols migratoires de cette oie sauvage, dont la formation de vol ressemble à un V est spécifique. Il annonce le retour du printemps et avec lui, la chaleur, les maringouins[51], et les mouches noires. Des deux, la mouche noire et la plus désagréable. En effet, elle mord, car elle dispose d'un stylet denté qui lui sert à entailler la peau avant de sucer le sang de ses victimes. Alors que le maringouin, qui n'est autre qu'un gros moustique se contente, entre guillemets, de piquer et sucer le sang de ses victimes. Ils font l'un et l'autre la joie du printemps.

Pour se protéger de ces agresseurs, pas beaucoup de solution, si ce n'est avoir des manches longues aux bras comme aux jambes. Certaines tribus ont même opté pour s'enduire de boue épaisse les parties tendres de l'épiderme non protégé par des vêtements (visage, oreilles, cou, la tête en générale).

Installé à la chute aux outardes depuis quelques jours, Antoine avait passé ces journées à pêcher. Il avait déjà mis à sécher plusieurs kilos de poisson sur des clayettes en épinette, qu'il avait confectionnées. Une partie de celles-ci étaient installées au dessus d'un feu de bois de hêtre, qui couvait et dégageait une fumée épaisse. Ainsi fumé, le poisson ou la viande se conservait jusqu'à trois semaines. D'autres clayettes avaient été installées en plein courant d'air et le poisson exposé plein sud, pour qu'il sèche. Ainsi asséché puis mis au sel, le poisson se conservait plusieurs mois.

Mais pour l'instant pas une seule outarde à l'horizon. Il se contenta donc de la pêche, fumant et séchant des saumons, des dorés jaunes, des brochets, des truites arc-en-ciel et des ombles de fontaine. A ce rythme là, le canot serait bientôt rempli de ces poissons séchés ou fumés. Antoine sera contraint de regagner le lac pygargue et sa cabane de bois rond, afin de stocker à l'abri toutes ces provisions.

De temps en temps, il partait chasser pour changer de régime alimentaire. Il n'était pas contre un bon ragoût de lapin, ou un bon dindon rôti à la broche.

C'était décidé, il passerait sa dernière nuit à la chute aux outardes. Demain, il prendrait le chemin du retour avec son canot débordant de poisson, et Amarok comme seul compagnon.

Assis devant le feu de bois qui fumait éloignant ainsi les maringouins, Antoine caressait la tête d'Amarok en écoutant les bruits de la nuit. Dans le ciel, des étoiles filantes emplissaient le ciel, c'était la période des Lyrides, une pluie d'étoiles filantes en provenance de la constellation de la Lyre. Il aimait regarder le ciel en écoutant les chants de la nuit. Ici, un grand duc appelait sa femelle. Là-bas une Chouette appelait son mâle. Et puis, le vol silencieux d'un harfang des neiges. Ou bien le chant plaintif des loups là-haut sur les crêtes. Et que dire de ces amphibiens en pleine période de reproduction. Cette petite grenouille qui coasse et dont le male est accroché sur son dos. La nuit, tous les sons ne sont pas terrifiant, bien au contraire, certains sont même plaisants, voire même apaisants.

Chapitre 10

Depuis son retour de Chicoutimi, le blizzard avait laissé place à un froid sec. La température oscillait entre   -30° et -40°.   Tous les jours, Antoine partait trapper. C'était la pleine période pour trouver les plus belles peaux.

Le traineau filait à vive allure entre la rivière et la forêt. Parfois, il faisait une halte ou un crochet pour poser un piège ou une ligne de pêche. Il relevait les collets à perche enlevante, et autres pièges à mâchoires. Depuis qu'il chassait, Antoine ne prélevait que le stricte nécessaire pour se nourrir et alimenter ses chiens. La journée avançait, et la pause au bord de la rivière ou d'un lac, lui permettait d'apprécier la viande d'ours ou de bison séchée, ainsi que le pain banique et la confiture de bleuets. Assis sur le traineau, les jambes recouvertes d'une peau de bison, et malgré le froid intense de cette journée ensoleillée, Antoine profitait au maximum de ces paysages merveilleux, après tout ce temps où le froid et le mauvais temps ne l'avaient pas autorisé à sortir de la cabane. Il était heureux d'être là, au grand air. Même si la neige représentait 80% du paysage, les collines, les cours d'eau, les lacs et la forêt environnante permettaient une multitude de vues, toutes plus belles les unes que les autres. Parfois, il apercevait une perdrix des neiges qui s'élevait dans le ciel d'un bleu azur, laissant derrière elle une simple trace dans la neige fraîche, merveilleux dessin figé par le froid, où l'empreinte des ailes côtoyait les traces de pas.

Il était là, assis, à contempler le paysage. Au premier plan, un arbrisseau dévêtu, les pieds nus dans la neige, lançait ses branches recouvertes de givre, vers le ciel immaculé. Le soleil faisait scintiller le givre comme des diamants. Devant lui se dessinait les vagues du lac, figées par le froid polaire et recouvertes de neige. Elles formaient comme un labyrinthe de broderies. Il s'amusait à chercher le chemin qui l'emmènerait de l'autre côté du lac. A la sortie de ces entrelacements, une plage faisait suite aux eaux poissonneuses du lac. Elle était la terminaison, d'une succession de mouvements de terrain qui prenaient naissance sous la barre rocheuse. Cette excroissance rocheuse qui surplombait le lac, ressemblait à la face d'un orignal. En face de cette plage, une colline plongeait directement dans le lac. Le passage laissé libre entre ces deux bandes de terre formait un chenal large d'une centaine de mètres. A l'arrière plan, les collines laissaient rapidement la place à des montagnes qui lançaient leurs majestueux pics enneigés, vers le ciel d'un bleu azur. Ces aiguilles parfois entourées d'une écharpe de nuages, venaient amplifier la teinte bleutée du ciel.

Le soleil avait disparu derrière la montagne, il était temps de rentrer retrouver Shalan, dans la douce chaleur de la cabane de bois rond. Les chiens, assis ou couchés dans la neige, attendaient tranquillement qu'Antoine décide du moment du départ.

Pour le chemin du retour, ils allaient retrouver une piste en parfait état.

Le glissement du traîneau laissait entendre une douce mélodie. Le crissement des patins sur la neige dure, associé à la respiration des chiens et au quarante quatre pattes tractant le traîneau, était mis en valeur par le souffle du vent dans les oreilles d'Antoine. Par moment, le tintement d'un glaçon qui tombait, le hurlement d'un loup, le claquement sec d'une épinette qui explosait sous l'emprise du froid, ou le vol silencieux d'un oiseau nocturne venait compléter cette partition harmonieuse offerte par la nature. Bien des compositeurs auraient voulu composé cette symphonie. Mais combien de virtuoses auraient-ils pu la jouer ?

Le traîneau glissait sur la piste, et le crépuscule naissant illuminait encore le ciel de ses multiples couleurs. Si la couleur jaune prédominait encore sur l'horizon, plus on remontait dans le ciel, et plus la teinte de celui-ci s'assombrissait, passant de l'orange au rose, du pourpre au violet, pour finir par le bleu nuit. Les épinettes n'étaient plus que des ombres pyramidales et fantomatiques surmontées par une étoile qui venait se poser à leur sommet. La neige les drapait de son manteau blanc. Dans la forêt, des pupilles dilatées regardaient cet étrange équipage mi-homme, mi bête que formait l'attelage. Antoine, debout à l'arrière du traîneau, profitait du paysage merveilleux qui s'offrait à lui. Chaque jour il remerciait Wakan Tanka de la beauté qu'il lui offrait à travers cette nature immense et généreuse.

Il poussa la porte de la cabane. A l'intérieur, une douce chaleur était maintenue par un bon feu de bois. Shalan était en bout de table. Elle pétrissait la pâte, qui une fois cuite donnerait du pain banique. Suspendue à la crémaillère de la cheminée, une bonne soupe de fèves au caribou mijotait. Il accrocha sa grosse veste au portemanteaux, et posa ces bottes sur l'étagère située en dessous des patères. Cet espace était situé entre la porte et le mangetout. Ce célèbre poêle à bois capable de tout brûler, d'ou son nom de mangetout, servait de chauffage et de plaque de cuisson.

Antoine se positionna derrière Shalan, il la ceintura avec ses bras puissants et la retourna pour l'embrasser. Elle se débattit avec ses mains pleines de farine, tout en rigolant. Puis elle lui rendit son baiser.

-   Antoine pas sérieux.

- Qui…moi ? » Lui répondit-il d'un air faussement surpris.
- Hau[52], toi vilain…farine partout.
- Oui, Surtout sur mon ite[53] et dans mes pehin[54]. Niye taku ecanon hwo (que fais-tu ?) ?
- Moi préparer pain banique.
- How ! Hechetu welo ! C'est bien ».

Antoine la reposa au sol, et lorsqu'elle avança pour regagner la table, il lui pinça les fesses en éclatant de rire. Il rigolait de voir les joues de Shalan, s'empourprer. En effet, dès que celle-ci était troublée, ses joues rougissaient. Mais elle appréciait beaucoup les petits gestes affectueux d'Antoine, ces familiarités qui étaient celles de l'amour.

Pendant la préparation du repas, Antoine à l'autre bout de la table démonta sa winchester, il nettoya le canon, astiqua toutes les pièces et graissa les pièces devant l'être. Il la remonta, et la glissa dans sa housse en peau de wapiti. Il jetait régulièrement un œil du côté de cette femme merveilleuse, qui partageait sa vie. Lui qui n'avait jamais connu sa mère, si ce n'est sa mère adoptive, il imaginait que Shalan pourrait-être une bonne mère. Il suffisait de la voir s'occuper de ces neveux et nièces. Elle leur donnait beaucoup d'amour et de tendresse. Elle leur confectionnait des cuwignaka[55], des *onzoḡe*[56], des hanpikceka[57]. Mais, elle savait aussi être ferme avec eux. Elle ne leur permettait pas n'importe quoi. Plusieurs fois, Antoine avait vu naitre une pointe de jalousie de Shalan envers ses sœurs. En fait, ce n'était pas vraiment de la jalousie, elle enviait ses sœurs. Elles qui avaient déjà plusieurs enfants, alors que Shalan n'avait toujours pas donné la vie à tokaheya unkicincapi kin (notre premier enfant).

Antoine rechargea le mangetout et ajouta une bonne bûche dans la cheminée, pendant que Shalan était en train de façonner les pains banique. Il y avait deux façons de faire cuire le pain banique, soit on le faisait frire dans une poêle, soit on l'enroulait autour d'une branche et on le laissait cuire au dessus des flammes. Il préférait la seconde méthode, moins grasses et plus facile à mettre en œuvre le soir autour d'un bon feu de camp.

Après le repas, Antoine apporta aux chiens, une soupe bien chaude, que Shalan avait préparée dans la journée, composée de gros morceaux d'orignal, de wapiti et de cerf de Virginie. Elle avait laissé des gros os à moelle pendant toute la cuisson, afin que ceux-ci se vident de toute leur moelle, et rende la soupe encore plus énergétique.

Regardant le ciel, Il vit que le mauvais temps revenait. Ce n'était peut-être qu'un passage nuageux. Une chose était sûr, l'hiver n'était pas encore terminé.

A l'intérieur, Shalan avait rechargé le mangetout et la cheminée pour la nuit. Elle avait fait chauffer une grande quantité d'eau afin de remplir le grand baquet qui servait de baignoire. Elle y avait plongé un sachet d'herbes relaxantes et odorantes. Sa robe commençait à descendre le long de ces épaules lorsqu'Antoine entra dans la cabane. Le haut de celle-ci venait de ralentir en passant sur sa poitrine opulente, puis glissant le long de son dos, elle se bloqua dans le creux de ses reins, passant rapidement sur son ventre, avant de dévoiler son pubis. La robe avait fini en tas sur ses pieds. Ses longues jambes effilées avaient alors enjambé le haut du baquet. Elle avait laissé glisser son magnifique corps, dans l'eau chaude et délicatement parfumée. Sa tête reposait sur un coussin installé entre son cou et le rebord en bois du baquet. Elle ferma les yeux et se relâcha totalement, laissant l'eau chaude recouvrir sa nudité et détendre tout son corps. Ainsi immergée, elle sentait tous ses muscles se relâcher. Elle était là, enivrée par les volutes de vapeurs qui transportaient des arômes capiteux. Après avoir lavé minutieusement ses longs cheveux noirs d'ébène avec de la saponaire, elle commença à masser délicatement tout son corps. Shalan avait enduit ses mains d'une crème, issue d'un mélange de plantes médicinales, et avait appliqué celle-ci, sur son visage doux et soyeux. Elle avait massé ses délicates épaules ambrées. Descendant le long de son coup, elle était restée longuement à caresser sa poitrine. Ses doigts passaient délicatement sur la peau plus foncée de l'aréole, ce qui stimula l'érection du téton. Elle avait continué sa progression en posant ses mains sur son ventre afin de le masser. Ses doigts agiles palpaient sa cuisse droite avec des mouvements précis de relaxation, puis ses mains descendirent sur son mollet, qu'elle frictionna, terminant par des mouvements circulaires sur son pied. Ses mains remontèrent alors au niveau de l'aine de la jambe gauche. Utilisant les mêmes mouvements précis, elle poursuivit le massage relaxant de sa jambe.

Le spectacle qu'elle venait d'offrir à Antoine, l'avait émoustillé. Il ne savait pas s'il devait se précipiter dans le baquet, attendre qu'elle lui dise de venir, ou aller se coucher directement. Mais les charmes de Shalan ne l'avaient pas laissé de marbre. Les picotements qui se produisaient dans le creux de ses reins, ses pupilles dilatées pour ne rien manquer du spectacle qu'elle lui avait offert, et le renflement de son pantalon, en était la preuve. Jamais, elle ne lui était apparue aussi belle, aussi attirante, aussi désirable.

Shalan ouvrit les yeux et tourna la tête. Son regard plongea dans les prunelles d'Antoine.

- Tohan yagli hwo (quand es-tu entré) ?
- Euh…
- Eya ye (Dis le moi) !
- Bien…euh…
- Hotanka eya pe (Dis le à haute voix) !
- Il y a deux minutes…
- Taku luha hwo (Qu'est ce que tu as) ?
- Euh…bien…euh…
- He taku he (qu'est ce que c'est) ?

Dit-elle en montrant la bosse dans son pantalon, et en éclatant de rire.

- C'est un arbre…

Répondit-il d'un air sérieux.

- Le can tanka heca hwo (Est ce un grand arbre) ?
- Le plus grand de la forêt.
- Hiya, hiya, he can tanka heca sni, he can cik'ala heca (Non, non, ce n'est pas un grand arbre, c'est un petit arbre).
- Peut-être, mais le plus droit et le plus dur de toute la forêt.
- Tanyan wanblake (je vois bien).

Shalan enjamba le bord du baquet, pour sortir de celui-ci. Elle dévoilait ainsi toute sa nudité. L'eau qui ruisselait le long de son corps, habillait sa peau cuivrée d'un halo transparent. La vision de ce corps aux formes parfaitement sculptées, accentua encore le désir déjà immense d'Antoine.

Il approcha de Shalan, prit son visage dans ses mains et l'embrassa délicatement. D'abord le front, puis les yeux. Il posa ses lèvres sur le bout de son nez, pour y déposer un léger baiser, sa bouche effleura celle de sa bien aimée. Le chatouillis qui se produisit procura un trouble immense à Shalan. Il passa subtilement sa langue sur les lèvres de la belle, juste pour la troubler. Toujours avec autant de douceur, il embrassa les joues rougies par le désir. Puis revenant sur les lèvres de Shalan, la langue d'Antoine, exerça une légère pression sur celles-ci. Il s'enfonça plus avant, et lorsqu'il rencontra la langue douce et chaude, un déluge d'émotion et de désir se produisit dans leurs corps. Elle serra son corps, contre celui de son homme, pour ne faire plus qu'un avec lui. Leurs bouches toujours unies, dans un baiser fougueux qui n'en finissait plus, Antoine allongea la belle, sur une couverture en peau de loup. Cette fourrure au cuir si fin, au poil si épais et duveteux, convenait parfaitement pour un lit.

Sous les caresses d'Antoine, Shalan se laissa glisser vers le bonheur. De câlins délicats en titillements. De baisers exquis en enlacements. La bouche d'Antoine effleurait, titillait et embrassait les zones les plus sensibles du corps de sa bien aimée. Sous l'effet de ces étreintes, elle se contractait, s'arc-boutait, et tout son corps vibrait de plaisir. Les gémissements et autres petits cris de bonheur faisaient échos, aux mouvements expressifs de leurs corps. Shalan, maintenant assise sur Antoine, ondulait lentement du bassin, ses seins lourds et ambrés suivaient le mouvement, et s'entrechoquaient parfois. Antoine aimait caresser cette poitrine à la peau délicate et soyeuse. Ses mains jouaient avec les tétons, et ses doigts caressaient la peau délicate de l'aréole, devenue hyper sensible.

Telle une estampe japonaise, les flammes dansant sur la peau ambrée de Shalan offraient un jeu d'ombres et de lumière à cette union. Pendant de longues minutes, le plaisir monta et s'accentua dans le corps de nos deux amants. Ils accédèrent au nirvana, lors d'un orgasme simultané, qui les unit l'un à l'autre, dans un gémissement de bonheur.

Leurs corps trempés de sueur et le souffle court, ils s'effondrèrent dans les bras l'un de l'autre, leurs mains se cherchant et s'enlaçant dans le noir.

Chapitre 11

Sur le chemin du retour, Antoine avait repéré l'endroit où il construirait la cabane de bois rond, une belle prairie protégée du nord-est. Elle était à deux pas de la source d'eau chaude, et était suffisamment en retrait du lac, pour ne pas craindre les inondations.

De retour au tepee, il avait allumé le feu et mit à chauffer de l'eau pour une infusion de bourgeons d'épinettes, qu'il avait ramassés. Cette tisane au goût de sève de pin était décongestionnante. Elle diffusait un parfum subtil dans le tipi. Tout en buvant son breuvage, il imaginait la future construction, il calculait le nombre de grands pins et d'épinettes qu'il devrait abattre. Il imaginait la pente du toit, qui se terminait au dessus de la réserve de bois. Il étudiait la course du soleil, pour savoir où positionner les fenêtres. Il était en train de tirer des plans sur la comète, lorsqu'un bruit épouvantable se fit entendre au dehors.

Antoine sortit précipitamment du tepee, pour voir d'où provenait ce tintamarre. Là, devant lui, une moufette était au prise avec Amarok. Les deux animaux se couraient après, dans les sacs et les différents ustensiles disséminés un peu partout par la bagarre. Amarok était parvenu à acculer la moufette dans un coin, celle-ci se retourna et l'aspergea avec son plus mauvais parfum. Amarok surpris par cette odeur pestilentielle, partit dans les eaux claires de la rivière, pour enlever cette émanation putride. Antoine, plié en deux, rigolait à s'en faire éclater la rate. Les tribulations de son chien avec cette moufette étaient d'un comique inimaginable. Que dire de ce pauvre chien, qui avait dû plongé dans la rivière pour se sortir de ce mauvais pas ? Amarok se frottait le museau dans l'herbe, puis retournait dans l'eau, avant de recommencer à frotter sa truffe dans l'herbe. Malgré tout ses efforts pour supprimer cette odeur, celle-ci allait durer plusieurs jours, avant de disparaitre.

Antoine regroupa toutes les affaires éparpillées par la bagarre et commença à les ranger dans le tipi. Le crépuscule était arrivé, et il allait laisser la place à la lumière zodiacale. Cette illumination, qui se situe le long de l'élliptique[58], est constituée de toutes les poussières du système solaire, que le soleil fait briller doucement. Les étoiles, qui s'allumaient les une après les autres, formaient un monde imaginaire, où l'homme pouvait tracer des dessins en les reliant, par des segments imaginaires. Les anciens lui avaient appris, à trouver l'étoile polaire, la Grande ours, ou bien la voie lactée. Cette allée, qu'ils voyaient comme l'accès vers les grandes plaines de Wakan tanka. Le spectacle qui se reproduisait tous les soirs, ne le laissait jamais indifférent. Il demeurait souvent là, assis ou allongé, les yeux perdus dans l'immensité du ciel. Regarder une étoile filante, une aurore boréale ou un amas d'étoiles était pour lui un moyen d'entrer en contact avec les esprits.

Depuis l'aube, Antoine avait arpenté, mesuré, parcouru en long et en large, le terrain sur lequel, il allait construire sa cabane de bois rond, sous les yeux incrédules des chiens et d'Amarok en particulier. Maintenant, il allait devoir choisir les arbres nécessaires à la construction. Il devait tous avoir à peut près le même diamètre, et être le plus droit possible. Mais aussi, avoir le moins de branche possible. Passant parmi les grands pins et les épinettes blanches ou noires,

Antoine marqua au tomahawk, chaque arbre qu'il allait couper. Pour la base de la cabane, il avait repéré quatre grands pins gris très droits. Le premier arbre fut rapidement abattu. Il tomba dans un craquement sinistre. Mais abattre un arbre n'était pas le plus long, ni le plus dur. Il fallait ensuite l'ébrancher et l'écorcer. Pour cela, le fait d'être au printemps facilitait grandement les choses. En effet, la sève montait dans les arbres, entre le cœur et l'écorce, à cette période de l'année. Au moment de l'ébranchage, il n'était pas rare de retirer une grande partie de l'écorce. Antoine venait d'abattre, d'ébrancher et d'écorcer le premier des quatre grands pins. Il lui avait fallu plus d'une heure, pour arriver au résultat escompté. Il accrocha le tronc, et le fit tirer par son cheval, jusqu'à l'endroit voulu. Le soleil avait déjà passé le zénith, lorsqu'Antoine eut fini d'amener les quatre grands pins. Il s'accorda alors une pause, pendant laquelle il se baigna dans l'eau fraiche du lac, afin de se détendre.

Pas trop longtemps, juste le temps nécessaire pour récupérer des efforts fournis. Il avait une faim de loup. Il dévora un lapin qu'il avait fait cuire au dessus du feu, et se désaltéra.

Pas de temps à perdre, il devait installer la base de sa cabane. Celle-ci devait être bien d'aplomb, afin que la construction soit le plus aisée possible. Pour cela, il devait dégrossir, prendre les marques, creuser, retailler et manipuler plusieurs fois chaque fût de bois. En fin d'après-midi, presque au crépuscule, la base des quatre côtés était en place, attendant déjà les prochains troncs.

Antoine entra dans le tepee, attrapa du talo et s'allongea sur sa couche pour manger. Il s'endormit là, éreinté après une dure journée de travail. Il n'avait pas eu le temps d'allumer un bon feu. Il n'avait même pas fini sa viande. Le sommeil l'avait rattrapé, bien avant tout cela. Les chiens avaient mené leur vie de leur côté. Chassant pour se nourrir. Amarok, après s'être régalé d'une perdrix des neiges, était venu s'allonger près de son maître.

Pendant de nombreuses journées et de nombreuses semaines, Antoine se levait à l'aube pour se coucher au crépuscule. Son travail harassant n'était suspendu que pour partir chasser, cueillir de quoi manger et se laver. Amarok et les chiens vivaient leur vie, mais revenaient tous les soirs au camp. Combien de fois avait-il abattu, ébranché, écorcé, dégrossi, marqué, creusé, retaillé et manipulé chaque fût de bois ? il n'avait pas compté, il savait juste qu'il lui avait fallu quarante-huit fûts, d'un diamètre minimum de trente centimètres, pour les murs. Seize fûts, de vingt centimètres de diamètre, pour la charpente, sans oublier ceux nécessaires pour le plancher et la toiture. Mais là, il avait arrêté de compter. Pour la couverture, il avait réalisé un toit végétalisé. Une grosse épaisseur de mousse pour l'isolation, puis des carrés d'herbe d'environ cinq centimètres d'épaisseur. Pour cela, il avait utilisé une partie de la prairie humide qui se trouvait près de la source d'eau chaude. Antoine posa les blocs d'herbe à l'envers (racines tournées vers le ciel). Ainsi posée, l'herbe en traversant les radicelles, radicules, et autres rhizomes, pour retrouver le jour, réalisait un entrelacs de racines, qui garantissait une bonne étanchéité.

On était au premier jour de canpasa wi[59] (tchan-pra-sa-pa-oui : la lune quand les cerises sont noires). Il avait travaillé sans relâche depuis canwapenanbleca wi[60] (tchan-oua-pé-nan-blé-tcha-oui : la lune quand les bourgeons apparaissent). Il avait fallu à Antoine, deux gros mois pour réaliser la cabane de bois rond.

Il regardait son travail achevé, et s'adressant aux chiens présent à ces côtés, il leur dit :

- How ! Hechetu welo ! C'est bien ».

Pour remercier Wakan tanka, de l'avoir aidé à construire cette cabane, il sortit son sac à tabac et sa pipe. Se tournant vers l'ouest, il mit une pincée de kinnikinnik dans le fourneau, puis il fit de même vers le nord, vers l'est et le sud. Il mit une pincée de kinnikinnik en tournant le fourneau vers notre mère la terre. Pour finir, il mit une pincée de ce mélange en dirigeant le fourneau vers le ciel comme offrande à Wakan Tanka. Une fois le fourneau rempli, il prit une brindille enflammée et alluma la pipe. Il entra dans la cabane de bois rond et aspirant la première bouffée, il la souffla vers l'ouest. La seconde fut offerte à nord. Les suivantes furent données à l'Est et au Sud, toujours dans le sens de la marche du soleil. Revenant vers la porte d'entrée, il souffla vers notre mère la terre, et enfin aspirant profondément, il souffla vers le Wakan Tanka. Puis ressortant, il effectua le tour de la cabane, en reproduisant les mêmes offrandes.

- How ! Hechetu welo ! C'est bien ».

Les chiens, assis côte à côte en rang d'oignons, l'avaient regardé effectuer cet hommage, tout en dodelinant de la tête. Ils semblaient comprendre la signification, de ces offrandes de tabac effectuées, avec la pipe sacrée.

Tous les morceaux de bois restants avaient été soigneusement rangés dans le bucher. Celui-ci était adossé au nord de la maison. Il garantissait une isolation complémentaire, contre la neige et le froid. D'autres morceaux avaient servi à confectionner un abri pour chacun des onze chiens. Petit à petit, le camp d'Antoine se développait, s'équipait et devenait un nouveau camp. Mais étais-ce un camp de passage, ou bien un lieu où vivre plusieurs mois par an ?

Ce matin là, un bruit sourd ce fit entendre dans toute la vallée et autour du lac pygargue. Antoine sortit du tepee. Il écoutait, humait l'air, et sentit vibrer le sol. Il monta rapidement sur le toit de la cabane, pour regarder l'entrée de la prairie. Il commença par voir un nuage de poussière qui s'élevait dans le ciel. Pour le moment, Antoine ne distinguait rien d'autres que le bruit assourdissant d'une cavalcade, de la poussière et les vibrations du sol. Et puis là, il en avait aperçu un. Ou plutôt le fantôme ou l'ombre du premier Ťaťanka[61] (tra-tan-ka), puis un second. La cavalcade ralentit et s'arrêta à l'extrémité nord du lac pygargue. Là où débutait la rivière de la carpe. Ce n'était plus un, ni deux, ni dix, c'était des centaines de bêtes qui avaient pris possession, de la grande prairie de l'est. Le grand troupeau était bien là. Des milliers de bison avaient passé le col, qui venaient des grandes plaines. C'était donc vrai, le grand troupeau venait passer l'été ici. Il apportait avec lui, tout ce dont le peuple de Renard Rouge avait besoin pour passer l'hiver, et plus encore. Une grande fête avait dû être organisée au village. En effet, à chaque arrivée du grand troupeau, le cercle de tepees fêtait cela, pendant quatre jours et quatre nuits. Les chants étaient rythmés par les tambours et les grelots. Ils envahissaient le village et s'étendaient à des kilomètres à la ronde. Les tambours résonnaient comme des métronomes. Pour le peuple de Renard rouge, Ťaťanka était la vie. Il permettait de se nourrir, de se loger et même de se chauffer. Ensuite, les meilleurs chasseurs du village partaient à la poursuite du grand troupeau, pour effectuer la réserve de viande pour l'hiver. Une fois les bêtes abattues, les femmes venaient pour aider au dépeçage des bisons, à la découpe de la viande, au traitement et au tannage des peaux. Tout était utilisé dans le bison. La viande était soit séchée au soleil, soit mélangée avec de la graisse et des baies sauvages. ce mélange était ensuite conservé dans les intestins, et formait des chapelets de saucisses. On appelait cela du pemmican. La peau servait à la construction du tepee. Il fallait entre dix-huit et vingt peaux, pour réaliser la bâche du tepee. Elle servait aussi dans la réalisation de tous les vêtements, des mocassins, mais aussi des carquois, des par flèches, des boucliers, etc. L'estomac et la vessie servaient de récipient ou de poche à eau. Les intestins, comme on l'a vu précédemment étaient utilisés comme gaine pour les saucisses, ou bien mangés crus. Les bourses servaient de hochets. Les tendons servaient comme fil à coudre, comme corde d'arc, ou de corde. Les os servaient d'outils, de grattoir, de racloir, et autres outils de jardinage. Les cornes pouvaient servir d'ornement pour le shaman, de cuillères, de boite à poudre (avant l'arrivée des fusils à répétition). Les sabots servaient à fabriquer de la colle ou de la gélatine. La queue servait de chasse mouche. Quant aux excréments, ils servaient de combustible[62].

Antoine était aux anges, la présence de cet immense troupeau était de bonne augure. Cela lui rappela une légende Kiowa : « Voici les bisons, dit Wakan tanka. Ils seront votre nourriture et votre habillement. Si vous deviez les voir périr et disparaître de la surface de la terre, alors vous sauriez que la fin de l'homme rouge est proche et que le soleil se couche pour eux ». Mais ce n'était pas pour aujourd'hui. A vu de nez, le troupeau présent dans la plaine du lac pygargue devait comporter au moins deux milles cinq cents têtes. Pour lui, un seul de ces animaux suffirait pour passer l'hiver. Par contre, il devait penser à sa meute de malamutes, qui ne se contentait pas de gambader et boire de l'eau. La ration quotidienne pour chaque chien était d'environ cinq cent grammes en période estivale (repos), pour monter à un kilogramme en hiver (période de trappe et de froid). Si l'on compte bien, c'était entre six et onze kilos de nourriture par jour. Elle était répartie entre la viande et le poisson en deux prises journalières. Ce qui posait le plus de problème en été, c'était la conservation de cette viande. Antoine partait chasser tous les deux jours, et se contentait de petits animaux. Il gardait les gros animaux pour l'hiver, puisque la conservation ne posait aucun problème.

Il regarda Amarok et lui dit :

- Demain sera un bon jour pour chasser Ťaťanka. Nous irons tuer un vieux mâle solitaire à l'arc.

Ainsi, nous n'effraierons pas le reste du troupeau ».

Amarok, la queue en panache, le regarda. Il leva sa tête vers le ciel, tendit son cou, et de sa plus belle voix, poussa pendant de longues minutes, le hurlement d'un loup. Ainsi, il approuvait l'idée de partir à la chasse avec son maître.

Antoine entra dans son tepee et en ressortit le lendemain. Dans une main, il tenait son arc, et dans l'autre ses flèches. Celles-ci étaient dans un magnifique carquois en peau de wapiti renforcé dans le fond par une peau de bison. Son extérieur était embelli avec des piquants de porc-épic, des plumes de pygargue, et de nombreux dessins en perles. Pour cette chasse, il était simplement vêtu de son pagne et de ses mocassins. Il avait peint son visage et son corps avec des symboles pour le protéger, et pour que la chasse soit salutaire. Il allait utiliser son mustang pie. En effet, celui-ci avait été spécialement dressé pour ce genre de chasse. Antoine montait à cru, comme la plupart des Sioux.

Il avança vers son mustang, lui posa une peau de wapiti sur le dos. Celle-ci était spécialement préparé pour la chasse. Une fois monté, il passa une corde autour de son mustang et de ses genoux, pour être maintenu pendant la course. Pendant ce temps là, Amarok le regardait se préparer et n'en loupait pas une miette. Antoine se mit en route suivi par son chien de tête. Le mustang avançait d'un pas sûr, en longeant la berge du lac. Antoine fit plusieurs fois le tour du troupeau, pour repérer un vieux mâle solitaire. Sur la berge est de la rivière de la carpe, Antoine aperçut ce vieux mâle solitaire qu'il recherchait. Il avança tranquillement pour ne pas l'effaroucher. Lorsqu'il estima que la distance les séparant était infime, il lança son mustang au trot, puis au galop. Et se rapprocha rapidement, le vieux mâle, l'avait dans un premier temps regardé en grognant. Ensuite, il avait gratté le sol avec ses sabots. Mais voyant l'homme se rapprocher, il avait lui aussi commencé à galoper. Lorsqu'Antoine arriva à la hauteur du bison, il arma sa flèche et le visa au niveau des deltoïdes de l'épaule. Suivant l'angle de pénétration de la flèche, soit il atteindrait directement le cœur, soit il sectionnerait une artère, ce qui entraînerait la mort de l'animal dans les deux cas. Il guidait son cheval à la force des genoux. La folle cavalcade se prolongeait, il fallait qu'il se décide. Il arqua son arc au maximum, et lorsqu'il lâcha sa flèche, celle-ci entra profondément dans le cœur de Ťaťanka. Dans un dernier sursaut, celui-ci tourna la tête vers l'homme et sa monture, sa langue blanchie par l'effort pendait à l'extérieur de sa bouche. Ses pattes s'affaissèrent et il s'écrasa au sol, sa corne droite pénétra profondément dans le sol, le faisant se retourner, dans un nuage de poussière. Antoine reprit alors la bride du mustang pie, il lui fit faire demi-tour, pour revenir vers Ťaťanka. Il s'arrêta à côté du vieux mâle qui gisait à terre, foudroyé par cette flèche qui était toujours plantée dans son corps. Il s'agenouilla près de Ťaťanka et lui parla à l'oreille : « *Oh ! Esprit du bison, tu as donné ta vie pour sauver la mienne. Tu fais donc parti de ma famille, comme je fais partis de la tienne. Ton esprit peut aller retrouver les grandes plaines de Wakan Tanka. Reprends ton chemin et va en paix sur le chemin éternel* ».

- Amarok, tu vas rester là, pendant que je vais chercher le travois. Tu m'as compris ?
- Waouh, woua.

Antoine regagna le camp, accrocha le travois à son mustang et prit de quoi découper, et empaqueter Ťaťanka.

Revenant près du vieux mâle, il s'affaira à la tâche, pour retirer la peau le plus proprement possible. La chasse avait duré une partie de la matinée, mais pour découper et débiter l'animal, il lui faudrait de nombreuses heures. Ce ne fut qu'à la nuit tombante, le travois chargé et pliant sous le poids de la viande, et de tout ce qu'il gardait, qu'Antoine put reprendre le chemin de son camp. Il laissa derrière lui la carcasse, que les animaux de nuits, et les loups se feraient un plaisir de finir de nettoyer. D'ailleurs, sur le chemin du retour, il avait distingué des ombres furtives évoluant en fil indienne. Cette façon de se déplacer était spécifique des loups, qui se dirigeaient ainsi vers le squelette du vieux mâle. Mais, ils ne seront pas les seuls à profiter de ces restes. Ils étaient nombreux dans la prairie, à attendre une partie du festin.

Notes

Lorsque certains mots, dialogues et/ou dénominations sont en langue Lakota et/ou en parlure Québécoise, ceux-ci comportent une traduction en Français.

Chapitre 1

1 Le mois de février

2 Le mois de Mars

3 Blizzard

4 Nicoti veut dire Village

5 Tomahawk est une sorte de hache

6 en Québécois, c'est un phénomène météorologique dû au blizzard

7 Mankato, ville du Minnesota dans les comtés de Blue Earth

8 La Lune des yeux gelés, Mars

9 Talo, viande de bison séchée en fine lamelle

10 La Saponaire « *Saponaria officinalis* » est une plante herbacée vivace de la famille des *Cayophyllaceae*. On

l'appelle « Herbe à savon ou Savonnaire ». Elle était utilisée comme savon.

11 Mangetout : fourneau dans lequel on brûle tout.

12 Extrait du livre de Gaston Rebuffat : La montagne est mon domaine

13 Wakan Tanka : Le Grand Esprit

14 Wasichus : homme blanc

Chapitre 2

15 Massacre de Wounded Knee. C'est une opération militaire du 29 décembre 1890. Entre 250 et 3O0 Lakota (dont plusieurs dizaines de femmes et des enfants) ont été tués par le 7ème Régiment de Cavalerie.

Pour plus d'informations, voir page 72 du livre « les indiens des plaines » de Daniel Dubois et Yves Berger aux Editions du Rocher.

16 la maladie qui brûle les poumons est plus connue sous le nom de : La tuberculose

17 Étoile du matin

18 lac Péribonka situé au Nord-est du lac Saint Jean

19 Le grand dérangement

20 Les Robes noires, est le nom donné aux prêtres

Chapitre 3

21 Le mois de Mai

22 Babiche : corde en nerf de caribou

23 Les plaideurs de Jean Racine, 1668

24 Source : Le club d'Astronomie de l'Université de technologie de Compiègne

25 l'objet Messier11 ou NGC6705 s'appel : L'amas du canard sauvage. Il est situé dans la constellation de l'Ecu.

19 L'outarde est une Bernache du Canada.

26 Le Grand Esprit, Dieu

27 Le Bison

28 Le mois de Mai

29 L'océan Atlantique

30 L'hiver

31 Le mois de juin

32 Le mois de Mars

33 Le Solidago Canadensis est une plante médicinale pour guérir les plaies

Chapitre 5

34 Le mois de Mai

35 La Femme Bison Blanc

36 source de l'Origine de la Pipe Sacrée des Sioux. Voir le livre : Légendes Indiennes tome 2, « Le chant de l'aigle » de Margot Edmonds et Ella E. Clark, dans la collection Nuage Rouge aux Editions du Rocher.

37 L'homme blanc

38 Le mois de Mai

39 Le mois d'Octobre

40 Neige gorgée d'eau

Chapitre 6

41 Iwoblu est le nom Sioux du Blizzard.

42 Le mois d'Avril

43 La ville de Péribonka est une municipalité canadienne du Québec, située dans la municipalité régionale de comté de Maria-Chapdelaine et la région administrative du Saguenay–Lac-Saint-Jean. Population 464 habitants en 2011.

Chapitre 7

44 Wambali Galeshka est le nom Sioux de l'aigle tacheté ou pygargue à queue blanche.

Chapitre 8

45 Le mois de Mai

46 Le mois de Juin

47 Pi-twal est le nom indien du Puma

48 Teste du Chef Seattle de la tribu Duwamish

Chapitre 9

49 Le mois d'Avril

50 L'outardes est une oie sauvage, appelée aussi Bernache.

51 Le maringouin est le nom Québécois du moustique.

Chapitre 10

52 Oui : HAU prononcé hao

53 Le visage : ITE prononcé i-tè

54 Les cheveux : PEHIN prononcé prè-hi

55 La robe : CUWINAGNAKA prononcé tchou-wi-gna-ka

56 le pantalon à franges : ONZOGE prononcé on-zo-rè

57 Les mocassins : HANPIKCEKA prononcé han-pik-tcè-ka

Chapitre 11

58 L'écliptique est la trajectoire dessinée par la course du soleil, sur la voute céleste.

59 Le mois de juillet

60 Le mois de Mai

61 Le bison

62 pour une description complète de l'utilisation du bison par les Sioux, reportez-vous au livre : « les indiens des plaines » de Daniel Dubois et Yves Berger, dans la collection Nuage Rouge aux Editions du Rocher.

Remerciements

Je tenais à remercier ici, toutes les personnes qui m'ont aidées de près ou de loin à écrire ce livre.

Anne-Marie, pour les corrections orthographiques et grammaticales.

Mes enfants, Quentin et Nolwen, auxquels je dédie ce livre.

Antoine mon grand-père.

Mes parents sans lesquels, je ne serais pas là.

Daniel mon Ciyewaye ḱin « Mon Grand-Frère ».

Rémy mon filleul.

Frédéric qui m'a fait découvrir le Québec.

Catherine qui m'a poussé à terminer ce livre.

Céline et Fabrice pour leurs encouragements.

Et tous les amis (es), que je n'oublie pas.

Bibliographie

Slim Batteux, *Je Parle Sioux / Lakota*

Michael Blake, *Danse avec les loups*

Joseph Boyden, *Là-haut vers le nord*

Joseph Boyden, *Dans le grand cercle du monde*

Joseph Boyden, *les saisons de la solitude*

Dee Brown, *Enterre mon cœur à Wounded Knee*

W.R Burnett, *Terreur apache*

Bernard Clavel, *Harricana*

Bernard Clavel, *L'or de la terre*

Bernard Clavel, *Miséréré*

Bernard Clavel, *Amarok*

Bernard Clavel, *L'angélus du soir*

Bernard Clavel, *Maudits sauvages*

Bernard Clavel, *Le carcajou*

Forest Carter, *Pleure, Geronimo*

Rachel et Jean-Pierre Cartier, *Les Gardiens de la Terre*

George Catlin, *Le Indiens d'Amérique du Nord*

Bernard Clavel, *Le Royaume du Nord*

James Fenimore Cooper, *Le Dernier des Mohicans*

Archie Fire lame Deer, *Le cercle Sacré*

Angie Debo, *Geronimo l'Apache*

Claude Dordis et Olivier Delavault, *Voix des Grands chefs Indiens*

Claude Dordis et Olivier Delavault, *Voix des Sages Indiens*

Bob Drury et Tom Clavin, *Sur la terre des Sioux*

Daniel Dubois et Yves Berger, *Les indiens des Plaines*

Charles E. Eastman (Ohiyesa), *L'Âme des Indiens*

Margot Edmonds, Ella E. Clark, *Légendes indiennes 1, les voix du vent*

Margot Edmonds, Ella E. Clark, *Légendes indiennes 2, Le Chant de l'Aigle*

Black Elk – Raymond J. DeMallie, *Le sixième Grand-Père. Black Elk et la Grande Vision*

Patrick Grainville, *Bison*

George E. Hyde, *Histoire des Sioux 1, Le peuple de Red Cloud*

George E. Hyde, *Histoire des Sioux 2, Conflits sur les réserves*

George E. *Hyde, Histoire des Sioux 3, Spotted Tail*

George E. Hyde et George Bent, *Histoire des Cheyennes*

Théodora Kroeber, *Ishi*

Robert W. Larson, *Red Cloud*

Joseph Marshall III, *L'Hiver du fer sacré*

Franck Mayer, *Tueur de bisons*

Céline Minard, *Faillir être flingué*

Musée du Quai Branly, *Indiens des plaines*

Dan O'Brien, *L'Agent Indien*

Dan O'Brien, *Les Bisons de Broken Heart*

Dan O'Brien, *Wild Idea*

Louis Owens, *Le Champ du Loup*

Marc Paget, *Le voyage avec cerf Rouge*

Renée Samson Flood, *L'Oiseau perdu de Wounded Knee, l'esprit des Lakota*

Héhaka Sapa, *Les rites secrets des indiens Sioux*

Mari Sandoz, *Automne Cheyenne*

Mari Sandoz, *Crazy Horse*

Dan Simmons, *Collines noires*

Corinne Sombrun et Harlyn Geronimo, *Sur les pas de Geronimo*

Edwin R. Sweeney, *Cochise, Chef des Chiricahuas*

Colin F. Taylor, *Traditions Indiennes*

Tahca Uste et Richard Erdoes, *De mémoire Indienne*

Robert M. Utley, *Sitting Bull*

Nicolas Vanier, *L'or sous la neige*

Nicolas Vanier, *La vie en nord*

Nicolas Vanier, *L'odyssée blanche*

Nicolas Vanier, *Le chant du grand nord*

Nicolas Vanier, *Le grand voyage*

Nicolas Vanier, *Le dernier Trappeur*

Stanley Vestal, *Sitting Bull*

Eric Vuillard, *Tristesse de la terre*

Table des matières

Résumé

Un traîneau qui file en faisant crisser la neige glacée sous ses patins, des chiens qui galopent, et des loups qui hurlent dans de lointaines forêts d'épinettes. Et puis le rituel régulier de l'allumage de la pipe, les nuits étoilées par -50°, les aurores boréales au dessus du lac gelé. Et toujours la présence-absence des Anciens et des Esprits pour rappeler le respect dû à la terre mère, et l'interdépendance absolue des êtres vivants…

C'est une incantation magique à la vie originelle dans une nature hostile et complice à la fois, et toujours ensorcelante…

9 782810 628117
